Johann Heinrich Plath

Die Beschäftigungen der alten Chinesen: Ackerbau, Viehzucht, Jagd, Fischfang, Industrie, Handel

Antigonos

Johann Heinrich Plath

Die Beschäftigungen der alten Chinesen: Ackerbau, Viehzucht, Jagd, Fischfang, Industrie, Handel

Unveränderter Nachdruck der Originalausgabe von 1869.

1. Auflage 2024 | ISBN: 978-3-38615-005-7

Antigonos Verlag ist ein Imprint der Outlook Verlagsgesellschaft mbH.

Verlag: Outlook Verlag GmbH, Zeilweg 44, 60439 Frankfurt, Deutschland, info@outlook-verlag.de
Vertretungsberechtigt: E. Roepke, Zeilweg 44, 60439 Frankfurt, Deutschland
Druck: Libri Plureos GmbH, Friedensallee 273, 22763 Hamburg, Deutschland

Die

Beschäftigungen der alten Chinesen.

Ackerbau, Viehzucht, Jagd, Fischfang, Industrie, Handel.

Von

Dr. J. H. Plath.

Die

Beschäftigungen der alten Chinesen.

Ackerbau, Viehzucht, Jagd, Fischfang, Industrie, Handel.

Von

Dr. J. H. Plath.

Der Tscheu-li II f. 19—25 (8 v.), vgl. 12 f. 37, unten S. 113 rechnet 9 Classen von Beschäftigungen (Kieu-tschi), welche der Tschung-tsai ordnet. Die erste begreift die 3 Arten Landbauer (San-nung, nach Schol. 1, die der Ebenen, Berge und Seen oder Sümpfe). Sie erzielen die 9 Arten von Korn. 2) Die Gärtner (Yuen-pu); sie erzielen die Gemüsepflanzen und (Frucht-)Bäume. 3) Die Yü-heng. Sie bereiten die nutzbaren Stoffe der Berge und Seen. (Yü[1]) sind nach Schol. 3 die Vorsteher der Berge und Seen, Heng die der Wasserläufe und Wälder; hier die unter diesen arbeiten). 4) Die Hirten (Mo) an den bebauten Sümpfen. Sie nähren und ziehen Vögel und Vierfüsser auf. 5) Die 100 Gewerker (Pe-kung). Sie verarbeiten die 8 Arten Rohstoffe. (Dies sind nach Schol. 1 die Perlen, das Elfenbein, der Jüstein, andere Steine, Hölzer, Metalle, Felle und Federn.) 6) Die Krämer und die (herumziehenden) Händler (Schang-

---

1) Der Yü' hat im Schu-king C. Schün-tien II, 1, 22 unter sich das Obere und Untere (Berge und Sümpfe), Gras und Bäume, Vögel und Wild. Legge's Uebersetzung Förster (Forester) giebt nicht den rechten Begriff, noch weniger Biot's Uebersetzung von Yü-heng durch Holzhauer (Bucherons). Der Tscheu-li B. 16, 23 hat die Schan-yü, Berg-Aufseher, f. 27 Lin-heng, die Waldaufseher, f. 28 Tschuen-heng, dergl. über die Wasserläufe und Tse-yü, die über die Sümpfe oder Teiche.

14*

ku). Sie sammeln werthvolle Waaren und bringen sie in Umlauf. 7) Die legitimen Frauen (Pin-fu) (1. Classe). Sie verarbeiten Seide (sse) und Hanf (tai[1]). 8) Die Diener (Tschin) und Dienerinnen (tsie, Frauen 2. Ranges). Sie bringen alle essbaren Substanzen (Früchte, Wurzeln etc.) zusammen und 9) das zwischengehende Volk, Kien-min (Lohnarbeiter, die ohne feste Beschäftigung sind und in der Arbeit wechseln). B. 9 fol. 42 (10 f. 23 fg.) ist von 12 Arten von Beschäftigungen die Rede, welche der Direktor der Mengen (Ta-sse-tu) in den Königreichen und Fürstenthümern, den Apanagen und Domainen vertheilt; (die Bezeichnungen sind nur zu kurz und allgemein). Er lässt die Leute aus dem Volke nach diesen 12 Beschäftigungen in die Listen (z. B. der Ackerbauer, Gärtner) einschreiben. Es sind hier 1) (die Getreide) säen und erndten (kia-schi). 2) (Die Bäume) pflanzen (schu-i). 3) Die Bauhölzer machen (tso-tsai). 4) Die (? Thiere) anhäufen (feu-fan). 5) Die Rohstoffe verarbeiten (tschi-tsai). 6) Die werthvolle Sachen in Umlauf setzen (thung-tsai). 7) Die Stoffe umwandeln (verarbeiten, hoa-tsai, wie Seide, Hanf). 8) Die (Ess)waaren (Stoffe) zusammenbringen (tshien-tsai). 9) Die Stoffe erzielen (seng-tsai). Die 3 Beschäftigungen, die hier noch zu obigen kommen, sind: 10) die die (6) freien Künste studieren (hio (lo) i), nämlich die Ritus, die Musik, das Rechnen, Schreiben, Bogenschiessen und Wagenlenken. 11) Die erbliche Gewerbe betreiben (schi-sse); (dergleichen waren nach den Schol. die Wahrsager (wu), die Aerzte (i), die Wahrsager aus Loosen und der Pflanze Schi). 12) Die im Hofdienste sind (Fosse, nach Schol. 1 Magazinaufseher, Schreiber, Gehilfen, Dieñer). Der Khao-khung-ki 40 f. 3 (39 f. 1 v.) rechnet 6 Klassen von Beschäftigungen (lo-tschi), die Fürsten, Beamten, Gewerker, Kaufleute, Ackerbauer und die Bearbeiter von Seide und Hanf (Frauen). Tso-schi im Kue-iü Thsi-iü 12 f. 2 v. spricht von 4 Klassen des Volkes: Litteraten (sse), Ackerbauern, Handwerkern, Kaufleuten. Einzelne dieser Gewerbtreibenden werden gelegentlich erwähnt; so heisst es bei Tso-schi Siuen-

---

1) Die Frau hat kein öffentliches Geschäft; sie zieht Seidenwürmer und webt, heisst es Schiking III, 3, 10 p. 190, vgl. Li-ki C. Yuei-ling 6 f. 56 fg. u. 76. Im Lün-iü 17, 25 giebt Legge niü-tseu iü siao jin: girls (concubines) and servants; 18, 4 sind niü-yo weibliche Musikantinnen.

kung A⁰ 12 f. 11 v., S. B. 17 S. 34 (25) die Kaufleute, die Ackerleute, die Handwerker und die Krämer verlassen ihre Beschäftigungen nicht, doch das Fussvolk und die' Streitwagen sind in Uebereinstimmung, (d. i. Tsu[1]) bewirkt' seine Eroberungen nur durch seine Krieger (597 v. Chr.), das übrige Volk geht seinen Beschäftigungen nach). Wir sprechen jetzt von den einzelnen Beschäftigungen.

Der Ackerbau

bildete immer die Grundlage des chinesischen Staates. Die Erfindung des Ackerbaues in China geht über die historische Zeit hinaus. Kaiser Schin-nung, den man später wohl als dessen Erfinder nennt, scheint eine mythische Person zu sein; der Name bedeutet der geistige Sämann[2].. Zu Kaiser Yao's Zeit (2357 v. Chr. fgg.) wird der Ackerbau schon vorausgesetzt; er hatte nur durch die grosse Ueberschwemmung gelitten. Meng-tseu III, 1, 4, 7 sagt: Zu Yao's Zeit war das Reich noch nicht beruhigt, grosse Wasser traten aus ihren Canälen und überschwemmten das Reich, Pflanzen und Bäume schossen üppig auf, Geflügel und Wild schwärmten umher, die 5 Feldfrüchte wuchsen nicht empor, Geflügel und Wild bedrängten den Menschen, die Fussspuren des Wildes, der Vögel Fussstapfen kreuzten sich im Reiche der Mitte. Yao war bekümmert, erhob Schün zum Beamten, der hiess Y Feuer werfen in die Berge, Yü leitete das Wasser ab, Heu-tsi lehrte das Volk die 5 Kornarten anpflanzen u. s. w. Im Schi-king III, 2, 1 p. 156 wird Heu-tsi, der Ahn der 3. D. Tscheu und Minister des Ackerbaues unter Yao und Schün, schon gerühmt. Er baute Bohnen, und sie gediehen; er pflanzte Korn und es stand schön, der Hanf und Waizen stand üppig, grosse und kleine Kürbisse hatte er in Fülle. Als Heu-tsi den Acker bestellte, hatte er dabei Gehilfen (siang); er reinigte den Acker, der

---

1) Wir haben dieses Reich bisher Tschu oder Tsu nach Mailla genannt, Tsu ist wohl richtiger.

2) Wie zur Zeit der Schriftbildung schon Ackerbau in China war, daher z. B. der Herbst bezeichnet wird: wann das Korn (Cl. 115) reif (Cl. 86) ist, haben wir in u. Abh. China vor 4000 J., Sitzb. 1869 I, 3 S. 266 (76) schon angedeutet. Es scheint überhaupt eine unbegründete Annahme zu sein, dass die Menschen erst Jäger, dann Nomaden waren und später erst Ackerbauer wurden. Die Natur jedes Landes bedingte ihre Beschäftigung. Wo das Korn felderweise wuchs, Obstbäume standen, lag es viel näher das Korn, zu essen, das Obst zu brechen und zu verzehren und die Natur lehrte selbst, den Samen dem Felde zurückzugeben. Dies war viel leichter, als Wild zu jagen, zu tödten und zu verzehren und Vieh zu zähmen und zu halten.

108

voll Kraut war, besäete ihn mit gelber Saat und da deren Hülse noch
nicht los war, lockerte er sie — — — und dann heisst es: er vertheilte
die besten Saaten zum Säen, Kiu (schwarze Hirse) und Pi (mit 2 Körnern
in einer Hülse), Men (rothen Leang) und weissen ·Ki. Den Kiü und Pi
bewahrte er nach der Erndte auf dem Felde, den Men und Ki trug er
auf Schultern heim zu den Opfern und IV, 2, 4, wird er wieder gerühmt, wie er zweierlei Arten Hirse (Schu und Tsi) innerhalb 1 Jahre,
dann auch Erbsen, Waizen und Schwarzkorn gesäet und das Volk unter-
richtet habe, sie anzubauen, die verschiedenen Kornarten und auch Reis
gebaut habe. Es mögen hier freilich die später angebauten Kornarten
und die Art des Anbaues auf diese frühe Zeit übertragen sein, indess
bestand die Tradition gewiss, dass er schon auf den Anbau der Felder
die grösste Sorgfalt verwendet habe. Im Schu-king C. Schün-tien II,
1, 18 sagt der Kaiser: das schwarzköpfige Volk hungert, du Heu-tsi
säe zur rechten Zeit die 100 Früchte und im C. Liü-hing V, 22, § 8:
Tsi verbreitete die Kunst zu säen und anzubauen das glückliche (wunder-
bare) Korn. Aehnliches rühmt von seinem Nachfolger Kung-lieu
(1797 v. Chr.) der Schi-king III, 2, 6 p. 161 fg.: er schonte keine Anstrengung, suchte nicht die Ruhe, wandte allen Fleiss auf den Landbau,
auf die Bestimmung der Grenzen der Felder, sammelte das Korn in
Scheuern. Nach p. 163 bestimmte er die Felder (das Detail, welches
la Charme hat, steht nicht im Texte), baute Gasthäuser, Nachen, über
den Fluss zu setzen, legte Steinbrüche und Eisenminen an, so dass das
Volk Ueberfluss hatte.

Die Sorge für den Unterhalt des Volkes schien den alten Kaisern
und den Weisen der Nation immer die wesentlichste Bedingung der
Wohlfahrt des Staates. Meng-tseu I, 1, 7, § 20 (I, 1, 46, T. p. 18 Jülien)
gingen von der vernünftigen Ansicht ans: ohne ein festes Auskommen
einen festen, beständigen Sinn zu haben, das vermag nur der Gebildete
(Sse), nicht das Volk. Ohne solches überlässt es sich allen Zügellosig-
keiten, Ausschweifungen und Verkehrtheiten und ist Alles zu thun fähig.
Darum wenn ein erleuchteter Fürst des Volkes Lebensunterhalt ordnet,
wird er gewiss machen, dass es nach oben genug habe, zu dienen Vater
und Mutter, nach unten genug, zu ernähren Weib und Kind, so dass
es in fröhlichen (guten) Jahren sein lebelang satt habe, in Jahren

r Noth aber dem Tode und Untergange entrissen bleibe. Darnach
öge er es denn auch zum Guten ermuntern und das Volk werde ihm
nn willig folgen. Zu seiner Zeit — wie er dann weiter es ausführt
- sei es freilich anders. Er empfiehlt dann (24 § 49) dass jeder (nach
ter Art) fünf Morgen beim Hause mit Maulbeerbäumen bepflanze, dann
nnten die Fünfziger in Seide sich kleiden; wenn Hühner, Ferkel,
unde, Säue, aufgezogen und ihre Zeit nicht verpasst werde, dann
nnten die Siebenziger Fleisch essen. Wenn jeder 100 Meu (Morgen)
cker-Feld habe und man nicht (durch Frohnden) ihm seine Zeit raube,
nn brauche eine Familie von 8 Mäulern nicht zu hungern. Wenn
an dann sorgfältig auf den Unterricht in den Schulen (Siang und Siü)
lte, und die Jugend anleite zur Tugend der Pietät (Hiao) und Bruder-
be (Ti, eigentlich Observanz des jüngeren Bruder gegen den älteren),
nn brauchten Greise nicht auf Schultern und Köpfen Lasten zu
hleppen auf Wegen und Stegen; wo aber die Groise in Soide sich
eideten und Fleisch ässen und das schwarzköpfige Volk (Li-min) nicht
ungere, nicht friere und doch keine gute Regierung sein sollte, das
b's noch nicht. Er empfiehlt dasselbe auch noch in anderen Stellen.
ls Schin-nung's Gesetz (fa) wird von Späteren angeführt: wenn der
wachsene Mann nicht ackere, gäbe es im Reiche die hungerten; wenn
ne Frau in den Jahren nicht webe, gebe es im Reiche, die frören. S. Wen-
eu und Liü-schi's Tschhün-thsieu im J-sse B. 44 f. 2 u. ib. Kuan-tseu u.
n-ku 24, 1 f. 5 v., vgl. auch Kuan-tseu im J-sse B. 44, 3 f. 2, 6
9. Im Sse-ki B. 43 f. 20 v., Pfizmaiers Geschichte von Tschao S. 23
gt der Minister: die Sache des Ackerns muss sorgfältig betrieben
erden; wenn man einen Tag nichts thut, hat man 100 Tage nichts
u essen. Die Stelle im Schi-king I, 9, 6 werden wir bei der Jagd
nführen:

Die Stelle Meng-tseu's setzt die alte Vertheilung der Län-
ereien an alle Landbauer durch den Staat voraus. Es gab in der
testen Zeit keinen Privat-Grundbesitz, sondern aller Grund und Boden
ehörte dem Staate, der ihn unter die Ackerbauer vertheilte, mit Rück-
cht auf die Fruchtbarkeit des Landes und die Grösse der Familien.
Vir brauchen hier in die Einzelheiten nicht einzugehen, da wir in u. Abh.:
esetz u. Recht im alten China München 1865 in 4°, a. d. Abh. d. Ak., 10. B.

3. Abth. S. 690 fg.[1]) den Gegenstand bereits erörtert haben, daher nur
dieses: Nach Meng-tseu III, 1, 3 § 6 (I, 5, 11, T. 9 p. 89) erhielt unter
der ersten D. Hia jeder Mann 50 Meu und zahlte davon die Abgabe
Kung, unter der 2. D. Yn 70 Meu und gab davon die Abgabe Tsu,
unter der 3. D. Tscheu 100 Meu und gab davon die Abgabe Tschhe;
9 Familien bauten jede 100 Meu (Morgen) für sich und sie zusammen
100 Meu, den öffentlichen Acker, für den Staat. Dieser öffentliche
Acker (Kung-tien) wird auch im Schi-king II, 6, 8, 3 erwähnt. Zu Meng-
tseu's Zeiten war dies System aber schon in Verfall gerathen; er hätte
es gerne wieder hergestellt gesehen. Nach V, 2, 2 § 9 (II, 4, 16, T.
p. 64) und Li-ki, C. Wang-tschi 5 f. 2, vgl. auch Liü-schi's Tschhün-thsieu im
J-sse B. 146 hia f. 20—22, ernährte der Landmann 1. Classe (Schang-nung)
von seinen 100 Morgen, wenn (gut) gedüngt 9 Menschen; der der 2. Classe
(Schang-tse) 8, der mittlere (Tschung) 7; der mittlere 2. Classe (Tschung-tse)
6 und die unterste Classe (Hia) 5 Menschen. Dies galt vom guten Lande,
ohne Brache, das bei regelmässiger Bewässerung immer bebaut werden
konnte; von schlechterem, das 1 Jahr brach lag, erhielt nach Tscheu-li
9, 27, vgl. Pan-ku B. 24 schang f. 2 jede Familie 200 Meu, von noch
schlechteren, das von 3 Jahren 2 brach lag, 300 Meu. (Den Meu schätzt
Biot auf 3 Ares à 2□ Ruthen.) Nach einer anderen Angabe des Tscheu-
li 15, 6 erhielt in den äusseren Distrikten jeder Anbauer eine Wohnung
(Tschen), 100 Meu Ackerland und noch 50 zur Brache oder Huth und
der Ueberzählige (Yu-fu) noch 25; vom Boden 2. Cl. der Familienvater
100 Meu Ackerland und 100 zur Huth; von der 3. (schlechtesten) Cl.
100 Meu Ackerland und 200 Brachland und der überzählige junge Mann
ebensoviel von letzteren beiden. Soviel hier über die Vertheilung der
Ländereien. Auch der kleine Kalender der Hia sagt: Der Aufseher
des Ackerbau's (Nung-so) vertheilt (im Frühlinge) gleichmässig die Aecker
(Kiün-tien) J. As. 1840 Ser. III T. 10 p. 551 fg. S. unten das ganze Document.
Dass die Ländereien im Staate unter das Volk regelmässig vertheilt wurden,
und das Volk versetzt wurde, ergibt sich aus mehreren Stellen; doch blieb

---

1) S. Noel Philos. Sin. T. III p. 18. sq. u. E. Biot Sur la condition de la propriété territoriale
en Chine depuis les temps anciens. Journ. As Ser. III T. 6 p. 255.

ihm gewöhnlich sein Land wohl, wenn nicht politische Rücksichten oder
Misswachs und Noth eine solche Versetzung geboten. Auf den ersteren
Fall geht Schu-king C. To-sse V, 14. Da haben die alten Unterthanen
der 2. D. Yn sich gegen Kaiser Tsching-wang empört, er versetzt sie
nach Westen nach Lo und es heisst nun am Schlusse § 23: hier habt
ihr euer Land und mögt da ruhig (wohnen bleiben); § 24 wenn ihr
ehrfurchtsvoll seid, wird der Himmel euch begünstigen; wenn ihr aber
nicht ehrfurchtsvoll seid, werdet ihr euer Land nicht behalten (haben),
sondern ich werde des Himmels Strafe über euch verhängen. Jetzt
könnt ihr hier in euren Dörfern oder eurer Stadt (J) wohnen und eure Wohnung fortsetzen (vererben), eure Beschäftigungen fortführen und 'eure
Jahre in Lo zubringen und auch eure Kinder werden in Folge eurer
Versetzung (tsien) gedeihen und V, 24, 3 § 7 im C. Pi-ming heisst es unter
Kaiser Kang-wang (1078—53 v. Chr.): wenn das Volk den Anweisungen
und Vorschriften nicht gehorcht, so bezeichnet auf's Neue die Grenzen
ihrer Feldabtheilungen (Schu küe tsing kiang), dass sie Furcht und
Ehrfurcht zeigen, bezeichnet auf's Neue ihre Grenzgebiete (Schin hoe
kiao khe), verstärket sorgfältig die Wachtposten, damit Ruhe herrsche
innerhalb der 4 Meere. Unter demselben Kaiser, heisst es von Tschao-
kung bei De Mailla T. I p. 339 er liess das Land vermessen und theilte
Jedem zu, was er bearbeiten konnte, bestimmte die Grenzen gab Verord-
nungen u. s. w. Der Li-ki C. Tsi-tung 25 f. 73 (20 p. 132) sagt, dass man vor
Alters beim Ahnenopfer Schang die Ländereien und Gebiete vertheilt
habe (tschu tien i). Vom 2. Falle gibt Meng-tseu I, 1 C. 3 ein Beispiel.
Da erzählt der König Hoei von Leang (Wei) (? 319 v. Chr.) ihm, wie er seinen
ganzen Sinn auf eine gute Regierung seines Reiches richte; wenn diesseits des (Hoang-) ho Misswachs (Noth) sei, versetze er sein Volk östlich
vom Flusse und schaffe Korn diesseits des Flusses; wenn östlich vom
Flusse Misswachs sei, mache er es ebenso und doch nehme die Volks-
menge nicht zu. Nach Tscheu-li B. 16 f. 43 versetzten die Liü-jin
die Bevölkerung, wenn der Ertrag nicht das Minimum von 2 Fu
(à 6⁴/₁₀ Scheffel) per Kopf erreichte; s. unten das Weitere. Nach Tscheu-li
B. 16 f. 3· entscheiden die Liü-sse alle Fragen, welche die Niederlassung
neuer Ankömmlinge (Sin-mang, d. h. neuer Anbauer) betreffen; sie lassen
sie weder Abgaben zahlen noch Frohndienste leisten und classifiziren

sie nach dem guten oder schlechten Boden (den sie ihnen anweisen); im Li-ki C. 5 f. Wang-tschi heisst es, die aus einem Lehenreiche in eine Domaine (Kia) dieses Reich kommen, werden eine bestimmte Zeit über der Grundabgabe nicht unterworfen. Aus dem C. Yü-kung des Schu-king (II, 1) ergibt sich, dass schon in den ältesten Zeiten unter Yü der Boden der verschiedenen Provinzen wenigstens im Allgemeinen nach der Beschaffenheit des Erdbodens und der Producte abgeschätzt und classifizirt und darnach die Abgaben bestimmt waren. Wir brauchen auch hier in die Einzelheiten nicht genauer einzugehen, da wir in u. Abh.: über d. Verf. u. Verwalt. China's u. d. 3 ersten D. Münch. 1865 in 4^0, a. d. Abh. d. Ak. 1. Cl. 10, 2. S. 487 fgg. die Sache bereits erörtert haben. Vgl. jetzt m. China vor 4000 J., a. d. S. B. Münch. 1869: 8^0. Es ist dort S. 490 auch der Eintheilung der Ländereien und der verschiedenen Ablieferung des Kornes mit oder ohne Stengel, Hülse u. s. w. nach der geringeren oder grösseren Entfernung von der Residenz gedacht worden. Im Ganzen betrug die Abgabe in der guten alten Zeit nicht über $^1/_{10}$. Näheres über die Grundsteuer und deren Vertheilung gibt der Tscheu-li B. 12 f. 23—39 (13 f. 7). Der Vorstand der Arbeiten (Tsai-sse) hat den Kataster der Ländereien zu besorgen, (d. h. nach Schol. 2: er untersucht die Länder nach ihren Farben, was sie zu tragen vermögen und regelt darnach die Abgaben, vertheilt diese und erwartet desshalb die höheren Befehle. Er besteuert das Gebiet der Hauptstadt nach (der Grösse) der Wohnung (Li) und der freien Plätze (Tschen), die man bepflanzen kann. Sie zahlten $^1/_{20}$ des Ertrags nach den Schol.) Die eingeschlossenen (Gartenländereien) besteuert er nach der Tenne und den Gemüsegärten. Er besteuert die Felder des Weichbildes in der Nähe von Ansässigen, (nach den Schol. solcher, die noch kein Amt oder es aufgegeben haben), die der Graduirten (Sse, welche nach dem Li-ki von ihren Söhnen bebaut werden mussten, während die Söhne der Ta-fu von dieser Verpflichtung frei waren), die Felder der Kaufleute (die am Marktplatze wohnten), die Felder des Weichbildes, die Beamtenfelder (Kuan-tien), die Ochsenfelder, (d. h. die der Rinderhirten) und die der Hirten. (Alle diese wurden gegen eine Abgabe diesen überlassen.) Er besteuert dann das Gebiet ausserhalb des Weichbildes, nachdem es kaiserliche Domainenfelder sind (Kung-y tschi tien) oder Domainenfelder (Kia-y) oder Apanagenländer (Sao), dann kleine Apanagenländer

(Siao-tu) und grosse Apanagenländer (Ta-tu) waren. (Die kaiserlichen Domainen lagen 2—500, die Kia-y zum Unterhalte der Minister und Söhne und Brüder des Kaisers, 500 Li von der Residenz (B. 2 f. 28), bildeten aber keine regelmässigen Quadrate.) Die Abschätzung fand im Allgemeinen so statt. Die Häuser der Hauptstadt gaben keine Abgabe; die Gärten (Yuen) und freien Plätze in der Hauptstadt nur $^1/_{20}$; die im nahen Weichbilde $^1/_{10}$, im entfernteren Weichbilde $^3/_{20}$. Die Abgabe der Ländereien ausserhalb des Weichbildes, im Tien, Sao, Hien und Tu, überstiegen nicht $^2/_{10}$; Sümpfe und Wälder gaben nicht über $^5/_{20}$. (Diese waren nach Schol. 3 so hoch besteuert, weil sie ohne Arbeit den Ertrag lieferten; der Platz für die Häuser war nicht besteuert, weil man nichts darauf pflanzen konnte; die leeren Plätze bei den Häusern bezahlten aber, weil man sie bebauen konnte, doch weniger, weil dies Mühe machte). Jede Wohnung (Tse) die ohne Haare ist, (das soll heissen, die nicht bepflanzt ist mit Maulbeerbäumen und Hanf) zahlt als Strafgeld die Abgabe (Pu) einer Wohnung (Li); jedes Feld, das nicht bebaut ist, zahlt soviel Korn als ein Haus (Uo von 3 Familien). Alles Volk, das kein Gewerbe und kein Geschäft hat, zahlt die Abgabe von einem Mann mit einer Familie (Fu-kia). (Nach Schol. 1 erhob der Staat nur von den ansässigen Familien eine Abgabe. Diese Einrichtung, dass man zahlen musste, wenn man sein Land nicht bebaute oder kein Gewerbe trieb, war eingeführt, um der Trägheit und dem Herumvagabundiren entgegen zu wirken). Nach der Jahreszeit, schliesst der Tscheu-li, erhebt der Tsai-sse die Abgaben.

Der Liü-sse, der Vorstand der Wohnungen (Liü), constatirt nach B. 12 f. 37—39 (13 f. 16 v.) in der Hauptstadt (Kue tschung) und in den 4 Weichbildern die Zahl der Menschen und der 6 (Arten) Hausthiere; ihre Kräfte zu verwenden, erwartet er die Befehle seiner Obern und erhebt nach der Jahreszeit ihre Abgaben. (Er regelt nach den Schol. alle Arbeiten vom Land- und Gartenbauer bis zum Holzhauer und classifizirt die Produkte, die aus dem Anbau der Felder und den Pflanzungen von den Bergen und Sümpfen eingehen.) Die Ackerbauer (Nung) lässt er ackern und sie bezahlen die Abgabe (Kung) mit den 9 Arten von Früchten; die Gärtner (Pu) müssen Anpflanzungen machen und zahlen mit Gemüsen und Bäumen (Baumfrüchten); die Handwerker

114

(Kung), müssen Schmucksachen machen und bezahlen mit Geräthen und Sachen; die Kaufleute (Schäng) müssen das Marktgeschäft treiben und zahlen mit Waaren und Kaufsachen; die Hirten (Mo) müssen das Vieh hüten und zahlen mit Vögeln und Vierfüssern; den Frauen (Pin) legt er Weiberarbeiten auf und sie zahlen mit Zeugen und Seidenstoffen; den Bergarbeitern (Heng) legt er Bergarbeiten auf und sie zahlen mit ihren Producten; den Arbeitern auf Seen (Yü) legt er Arbeiten an Seen auf und sie zahlen die Abgabe auch mit ihren Produkten. Von den Individuen, die keine spezielle Profession haben (sondern sie wechseln) zieht man die Abgabe eines Familienchefs ein. Zum Fleisse zu ermuntern, war nach Tscheu-li 12 f. 39 bestimmt, dass wer keine Thiere aufzog auch kein Rind zum Opfer darbringen durfte; wer sein Landstück nicht bebaute, konnte auch kein Korn opfern; wer keine Bäume anpflanzte, bekam keinen äusseren (doppelten) Sarg; wer keine Seidenwürmer zog, durfte keine Seidenzeuge, wer nicht spann, kein Obergewand bei der Trauer tragen, und nach f. 34 musste man, wenn der Boden und die Wohnung nicht mit Maulbeerbäumen bepflanzt war, dafür soviel Korn zahlen, als die Taxe eines Hauses von 3 Familien betrug. Leute aus dem Volke ohne Profession zahlten für einen Mann mit Frau (Fu-kia). Er erhebt die Abgaben nach den Jahreszeiten. Nach B. 16 fol. 1 sammelten die Liu-sse auf dem Lande das Korn ein, welches die gemeinsame Arbeit (Tsu-so) einbrachte, sowie das Korn der Häuser, das aus den Bussen einging, wenn einer nicht arbeitete und die Abgabe der Zwischenleute (ohne festen Beruf). Nach den Schol. wurde der Ertrag des Ackers durch gemeinsame Arbeit an die Beamten der Kornmagazine und öffentlichen Depots durch die Lin-jin, Sche-jin und Tsang-jin (B. 16 fol. 48) abgeliefert. (Der Liu-sse sammelte ebenso in den äussern Bezirken das Korn, das aus den Bussen und Abgaben von Leuten ohne Profession eingieng und verwendete es zu Gratificationen.) Sie machten nach dem Tscheu-li auch Vorschüsse daraus an Leuten des Volkes gegen Schuldverschreibungen, die doppelt ausgefertigt wurden; sie vertheilten im Frühlinge allen die Korn brauchen es und zogen es im Herbste wieder ein.

Mit dieser regelmässigen Vertheilung der Ländereien hing dann auch die regelmässige Versehung der Felder mit Kanälen zusammen. Im Schu-king C. Y-tsi II, 4, 1 sagt Yü: Ich öffnete Passagen für der

9 (Provinzen) Flüsse und leitete sie ins Meer, ich vertiefte die Canäle (Kiuen kuei) und leitete sie in die Flüsse. Schi-king II, 6, 6 sagt: am Süd-berge (Nan-schan), den Yü bebaut hat, sieht man die Aecker in der Ebene und am Abhange. Ich setze die Grenzen der Aecker fest, lege Canäle an und umgebe den Acker mit einem Damm im Süden und Osten. Die Anlagen gehen also bis in die ältesten Zeiten hinauf. Confucius sagt im Lün-iü 8, 21 Yü's Haus (Kung-schi) war nur niedrig (gemein, pi), aber er erschöpfte seine Kraft (in der Anlage) von Kanälen (Keu, hiue). Wir finden sie auch in Confucius und Meng-tseu's[1]) Zeit noch öfter erwähnt. Die Anlage war von Staatswegen! Wir haben dieser schon in u. Abh. Ge-setz u. Recht. Münch. 1865. 4⁰. S. 710 gedacht, müssen hier aber darauf zurück-kommen. Tso-tschuen Tsching-kung A⁰ 2, f. 4, S. B. 17, S. 265 führt an, wie die früheren Könige das Reich ordneten und die Felder zum Nutzen des Volkes von S. n. N. richteten, Tsin' wollte sie von O. n. W. richten, damit seine Streitwagen durch die Kreuzwege nicht aufgehalten würden. Der Sui-jin hatte nach Tscheu-li 15, 8 (16) die Leitung. Der Meu von 100 Pu (Schritten) à 6 chin. Fuss (Tschi) Länge, bei 1 Pù Breite, hatte einen kleinen Graben Kuen von 1 Fuss Tiefe und Breite; auf alle 100 Morgen (Meu) eines Mannes (Fu) kam 1 Graben von 2 Fuss Tiefe und Breite (Sui); 900 Meu bildeten einen Tsing mit einem Graben (Keu) von 4' Breite und Tiefe; 100 Tsing (10 Li) machten einen Tsching und hatten einen Canal (Hiue) von 8 Fuss Breite und Tiefe; 100 Tsching bildeten einen Thung; in jedem waren 9 Canäle (Kuei), von 16 Fuss Breite und Tiefe. Alle diese Gräben und Canäle standen mit einander in Ver-bindung; die 9 Kuei führten das Wasser von 300□ Li in den nächsten Fluss (Tschuen). Natürlich musste die Praxis, wo Berge und Wal-dungen der Regelmässigkeit in den Weg traten, diesen allgemeinen Plan vielfach modifiziren, vgl. Des Hauterayes zu De Mailla T. I p. 113, Mém. T. II p. 543 und Biot Journ. As. Ser. III T. VI, p. 264. Der Khao-

---

1) In Jahren der Hungersnoth ertränkte sich das arme Volk darin; S. Meng-tseu V, 1, 7, 3, V, 2, 1, 2, II, 2, 4, 2, III, 1, 3, 7, III, 2, 1, 2, V, 2, 7, 5, Lün-iü 14, 18, 3 (Keu to) Meng-tseu I, 2, 12, 2 hat neben Keu noch Ho, auch Gräben, Kanäle (Strom); IV, 2, 18, 3 verbindet er Keu und Kuei: im 7. 8. Monate, wenn Regen fällt, sind sie alle gefüllt, aber ihr Auftrocknen kann man stehend abwarten.

116

kung-ki (Tscheu-li B. 43 fol. 42 fg.) gibt die Details (abweichend B. 15, 8) und im Folgenden das Technische über die Aufführung dieser Canäle und Dämme, f. 45—49[1]). Die Arbeiten wurden durch Frohnden beschafft, die der Tsiang-jin nach B. 43, f. 19 leitete. Die Befehle dazu empfieng er von seinen Oberen.

Für die Länderabtheilungen gab es noch wieder besondere Namen. Drei Ackerloose bildeten einen Wohnsitz (Uo) nach Schol. 2 zu Tscheu-li B. 43 f. 44. B. 9 f. 21 und B. 10 f. 14 geben diese Abtheilungen. Der Siao-sse-tu vermisst die Ländereien und theilt ihre Felder und Brachfelder (vgl. B. 9 f. 27) in Felder und Brachfelder mit gemeinsamen Brunnen (Tsing) und in Weideländer (Mo). 9 Ackerloose (Fu) bildeten eine solche Gruppe mit gemeinsamen Brunnen Tsing; 4 Tsing eine Sektion Y; 4 Y einen Hügel (Khieu); 4 Khieu einen Tien; 4 Tien einen Hien und 4 Hien einen Verein Tu. Diese Eintheilungen dienten die Feldarbeiten zu bestimmen und die Tribute und Abgaben zu regeln (nach den Schol., welches Land zum Ackerbau und welches zur Weide geeignet war. Der weisse und gelbe Boden diente zum Waizenbau, der

---

1) Ueber die Anlage der verschiedenen Canäle haben wir nach dem Khao-kung-ki B. 43 f. 41 fg. in u. Abh. Gesetz u. Recht im alten China S. 711 gesprochen. Zur Ergänzung hier noch einige technische Angaben nach f. 45 fg.

Trifft man bei der Anlage eines Canals (Keu) auf einen welligen Boden (eine Höhe), so sagt man, das ist ein Anhaltspunct. Ist die Bewegung des Wassers nicht den Regeln der Kunst gemäss, so nennt man das ebenso. Bei den Canälen mit geradem Stamme (tschao, ohne Zufluss) verdoppelt man alle 30 Li (3 franz. Meil., 20 auf 1⁰) die Breite. Um das Wasser in Bewegung zu setzen und zurückzuhalten, giebt man (seinem Laufe) eine Biegung in Form des (Musiksteines) King, dessen 2 Arme sich verhalten, wie 3 : 5; (so, wenn das Wasser klar ist, anders bei trübem). Will man ein Bassin machen, so giebt man dem Bette eine Kreisform. Die Existenz jedes Canals muss auf die Wasserkraft gegründet sein, die jedes Dammes auf die (Widerstands)-Kraft der Erde. Ein schöner Canal wird ausgeräumt durch das Wasser (das darin fliesst), ein schöner Damm befestigt durch die Ablagerungen des Wassers (das ihn bespült).

Legt man einen Damm an, so muss seine Höhe und Breite gleich sein (jetzt je 12'). Die Reduction der Krönung beträgt 1/3, bei grossen Dämmen mehr (d. h. man macht die Basis breiter). Legt man einen Canal oder Damm an, so sucht man erst einen Maassstab für die Arbeit (zu gewinnen) durch die Tiefe (verticale Richtung), die man durch eines Tages Arbeit erreicht (wie viele Fuss die beträgt). Dann nimmt man 1 Li als Massstab und kann dann die Kräfte der passenden Anzahl Menschen anwenden. (Die Dämme waren aus geschlagener Erde). Die Einfassung (mit Brettern) wird mit Stricken zusammengebunden. Presst man die zu sehr zusammen, so sagt man, sie tragen die Last nicht.

fette, feuchte Boden war für den Reisbau geeignet. Der General-Administrator oder Premierminister (Ta-tsai) regelte das Ganze. Die Repartition hatte der Direktor der Menge und der Liu-sse (B. 12 f. 37) überwachte die Ausführung. Was die Arbeiten betrifft, die für die verschiedenen Ländereien sich eignen, so regelte sie der Unterdirektor der Menge; es classifizirte sie der Tai-sse (B. 12 f. 23); es glich sie aus der Tukiün (der Ausgleicher) (B. 16 f. 13).)

Wo der Anbau des Landes nicht der Privatwillkür des Einzelnen anheim gegeben war, sondern grossartig einer Centralleitung unterlag, da konnte unter dem günstigen Clima Chinas im Anbaue geleistet werden, was anderswo nicht. Nach mehr als 4—5000 Jahren konnte die Bevölkerung zu der enormen Anzahl von 414 Millionen anwachsen, ohne dass das Land erschöpft wurde, obwohl der Boden das Jahr zum Theil 2—3 Erndten liefern musste. Es lohnt sich der Mühe, einen Augenblick dabei zu verweilen, wie dieses möglich wurde. Hitze und Nässe sind zwei Hauptbedingungen alles Pflanzenwachsthums. Die Hitze der Luft vermögen wir bis jetzt nicht zu erzeugen, aber wo grosse Wassermassen, wie in China, zu Gebote stehen, da vermag der Mensch durch gehörige Leitung derselben im Grossen, wo die nöthige Wärme, wie dort vorhanden ist, Bedeutendes zu erzielen. Den Beweis dafür liefern Aegyptens Nilüberschwemmungen, die Tanks und Canäle der Hindu, die Kerises der Perser. Man muss nur mit der Frucht sich begnügend, dem Boden die Halme und Blätter zurückgeben und nicht das Huhn, das die goldenen Eier legt, schlachten, um alles auf einmal haben zu wollen. Dass solche grossartige Wasserarbeiten zur zweckmässigen Leitung der Flüsse schon in ältester Zeit von Kaiser Yü (2205 v. Chr.) unternommen wurden, — während bei uns die Flüsse vielfach noch unbeschränkt dahinrauschen, ihr Wasser unbenutzt verrinnt oder mit Schutt und Kies verheerend die Ufer überfluthet, — zeigt der 2. Theil des C. Yü-kung (2, 1). Man hat die Glaubwürdigkeit dieses alten Denkmals freilich bezweifeln wollen, aber richtig verstanden, darf man es für historisch ansehen. Wir verweisen auf u. Abh.: Ueber die Glaubwürdigkeit der ältesten chin. Geschichte. München 1866, a. d. S. B. d. A. 1866, 1, 4 S. 549 fg., vgl. S. B. 1867 1, 2 S. 245 f.

Wir haben schon bemerkt, dass das C. Yü-kung des Schu-king in

118

den 9 Provinzen schon die verschiedenen Bodenarten, freilich nur
sehr oberflächlich nach der Farbe u. s. w. unterscheidet. S. das ganze
Capitel in u. Abh. China vor 4000 J. München 1869, a. d. S. B. I, 2 fg.; hier nur
was auf den Ackerbau Bezug hat, daraus. Der Boden ist weiss und zerreibbar in
Ki-tscheu und der Ackerbau da 5. Cl.; in Yen-tscheu schwarz mit kleinen
Erdhügeln und der Anbau 6. Classe; in Tsing-tscheu weiss mit kleinen
Erdhügelchen, die Küste unfruchtbar, der Anbau 3. Classe; in Siü-
tscheu der Boden roth mit Hügelchen, der Anbau 2. Classe; in Yang-
tscheu der Boden sumpfig, voll hoher Bäume und Bambu, der Anbau
9. Classe; in King-tscheu der Boden sumpfig, der Anbau 8. Classe; in
Yü-tscheu der Boden zerreibbar mit Erdhügelchen, der Anbau 4. Classe;
in Leang-tscheu der Boden schwarz, der Anbau 7. Classe; endlich in Yung-
tscheu der Boden gelb und zerreiblich und der Anbau erster Classe.
Eine spätere kurze Beschreibung Chinas aus der 3. D. Tscheu im
Tscheu-li 33, 3 (9 fg.), auch im Tscheu-schu Ti 62[1]), erwähnt auch der
Culturen der einzelnen Provinzen, freilich nur oberflächlich. Die Tschi-
fang schi, Agenten der Leitung der Gegenden, haben unter sich die
Karten des Reiches und beschäftigen sich mit dessen Ländereien, unterscheiden die Arrondissements und Cantons seiner Reiche und Fürsten-
thümer, die Bevölkerungen der verschiedenen Barbaren, wie die Menge
und Wichtigkeit der Werthgegenstände, der 9 Arten Korn, der 6erlei
Hausthiere in den verschiedenen Ländern und wissen genau was ihnen
nutzt und schadet. In jeder Provinz werden nach kurzer Angabe ihrer
Lage, ihres Schutzberges, ihrer Seen und Flüsse noch ihre Bewässerungsbehälter (tsin[2]), Flüsse oder Seen), dann ihreProducte undCulturen angegeben.
Da ich dieses Document auch in m. obigen Abh. schon benutzt und erläutert
habe, hier nur, was auf die Culturen Bezug hat: In der Süd-Ost Provinz Yang-tscheu ist der grosse See Kiu-khiu; seine Flüsse sind die
3 Kiang, seine Bewässerungs-Reservoirs die 5 Seen. In der Provinz
King-tscheu, gerade in Süden, sind der See Yün-mung und die Flüsse
Kiang und Han; seine Bewässerungs-Reservoirs sind Yng und Tschin.

---

1) In der Sammlung Han Wei thsung schu I, 6. S. m. Abh. über diese. München 1868, a. d.
S. B. d. Ak. S. 273.
2) Tsin erklärt der Schol. durch Jün bewässern. Im Schi-king Siao-ya heisst es: er bewässert
diese Reisfelder (tsin pi tao tien).

In beiden Provinzen gedeihen Vögel und Vierfüsser. Sie eignen, sich zum Anbau des bewässerten Reis. In Yü-tscheu, südlich vom grossen Flusse (Hoang-ho), dienen neben den Flüssen Yong und Lo und dem grossen See Phu-thien die Bewässerungs-Reservoirs Pu und Tscha. Es gedeihen auf ihrem Boden die 6 Arten Hausthiere (dies sind nach Schol. II, das Pferd, der Ochse, das Schaaf, das Schwein, der Hund, das Huhn). Die geeigneten Culturen sind die 5 Arten von Sämereien (nach Schol. 2 die zwei Arten Hirse (Schu und Tsi), der Waitzen, Reis und Küchen-pflanzen). In Thsing-tscheu, im Osten, sind neben dem grossen See Wang-tschu und den Flüssen Hoai und Sse die Bewässerungsbehälter Y und Schu. Von Hausthieren gedeihen hier das Huhn und der Hund. Geeignet zum Anbaue sind bewässerter Reis und Waitzen. Im Osten des grossen Flusses, in Yen-tscheu, sind der grosse See Ta-ye und der grosse Ho- und der Thso-Fluss und die Bewässerungs-Reservoirs Liü und Wei. Es gedeihen hier die 6 Arten Hausthiere. Man baut am geeignetsten die 4 (ersten) Arten von Korn. Im Westen des Reiches, in Yung-tscheu, sind der grosse See Hien-pu und die Flüsse King und Jui, dann die Bewässerungs-Reservoirs Wei und der Fluss Lo. Von Thieren gedeihen hier der Ochse und das Pferd; das Land eignet sich für den Anbau der beiden Hirsearten Schu und Tsi. Im Nordosten, in Yeu-tscheu, sind der grosse See Hi-yang (im jetzigen Schan-tung) und der grosse Hoang-ho und der Thso-Fluss; als Bewässerungsbehälter dienten die Flüsse Tse und Schi. Es gedeihen von Thieren hier die 4 (ersten) Hauptarten. Man baut am geeignetsten die 3 Kornarten (Schu, Tsi u. Reis). In Ki-tscheu, innerhalb des grossen Flusses, ist der See Yang-yü und der Fluss Tschang; als Bewässerungsbehälter dienen die Flüsse Fen und Lu. Es gedeihen hier von Thieren Ochse und Pferd, von Kornarten die 2 Arten Schu und Tsi. Ping-tscheu, im Norden des Reiches, hat den grossen See Tschao-yü-ki und die Flüsse Hu-to und Keu-y; seine Bewässerungs-behälter sind der Lai und der Y. Es gedeihen auf dessen Gebiete die 5 (ersten) Hauptarten von Hausthieren und sind zum Anbaue geeignet die 5 Hauptarten von Sämereien, (nach den Schol. die 2 Arten Hirse, Waitzen, Reis und Teu).

Die ganze Feldarbeit wurde nach Obigem unter Aufsicht und

120

Anleitung von Aufsehern über den Ackerbau betrieben[1]), so dass der Privat-Willkür wenig Spielraum gelassen sein wird. Der Li-ki. C. 6 Yuei-ling f. 48 (p. 24) sagt: (Im ersten Frühlingsmonate) befiehlt der Kaiser die Wiederaufnahme der Feldarbeiten (pu nung-sse) und heisst die dem Ackerbaue vorstehen (tien-sche, d. i. n. Schol. den tien-tsiün) in der Ost-Vorstadt (Kiao), die Grenzen zu berichtigen, die Wege (king scho) zu inspiziren und in Ordnung zu bringen, genau auf die Hügel, Höhen, Ab-hänge, abschüssigen Oerter, Ebenen und Niederungen zu achten, um zu unterscheiden, was für das Land und den Boden sich eignet (i) und wo man die 5 Feldfrüchte (am besten) erziele (tschi) und dem Volke die Prin-cipien zu lehren. Sie müssen selber am Platze sein und Alles was auf den Ackerbau Bezug hat (tien-sse), sorgfältig regeln (tschi). Wenn man den Landbauern die Regel vorzeichnet, (die sie zu befolgen haben, (sien ting tschün tchi nung) sind sie nicht in Ungewissheit. Im ersten Winter-monate befiehlt er nach f. 84 fg. (p. 31) den 100 Beamten sorgfältig (den Ertrag der Felder) einzuspeichern; die Beamten müssen herumgehen, dass die Menge alles (nichts nicht) einsammele, die Grenzbarrieren, Thore und Brücken reparirt, die Querwege versperrt werden. — —, Man opfert den Ahnen, der Kaiser bittet den Himmel und den Schutzgeist des Reiches um ein (glückliches) folgendes Jahr. Man gibt den Landbauern ein Fest und ladet sie ein, sich auszuruhen. Diese Aufseher werden im Schi-king öfter genannt. II, 6, 7 kommt der Tien-tsiün und freut sich das Alles so gut bestellt ist; wir werden auf das Liedchen unten S. 139 zurückkommen; ebenso auf Ode 8. IV, 1, 2, 2, heisst es, wie hat Kaiser Tsching-wang euch doch deutlich Alles gelehrt, er hat Ackerbauaufseher (Nung-fu) bestellt und die hundertlei Früchte zu säen befohlen; jeder

---

1) Nach Meng-tseu VI, 2, 7, 2 machte der Kaiser selber eine Inspektions-Tour. Im Frühlinge sah er nach dem Pflügen (sing keng) und ergänzte, wo nicht genug (Saat?) war. Im Herbste sah er nach der Erndte (lien) und half aus wo nicht genug war. Betrat er die Grenzen eines Landes und das unbebaute Feld (ye) war reklamirt, das alte gut bebaut, waren die Alten wohl genährt, die Weisen geehrt, Männer von Talent im Amte, dann wurde der Vasallenfürst belohnt (durch Vermehrung seines Landes). Betrat er aber die Grenzen eines Gebietes und das Land war eine Wildniss voll Unkraut (hoang wu), das Alter vernachlässigt, die Weisen nicht geehrt, in den Aemter harte Abgabenerheber, dann wurde (der Fürst) getadelt und wenn er nicht am Hofe erschien, sein Gebiet verkürzt. Es wird dies nur auf die älteste Zeit der 1. D. Hia gehen; nach I, 2, 4, 5 ähnlich die Vasallenfürsten s. m. China vor 4000 J. S. B. 1869.

soll seinen Privatacker (Sse) sorgfältig bebauen und auf einem. Acker-
gebiete von 30 Li sollen 10,000 Landleute, die den Acker bauen, zwei
und zwei zusammen ackern.

Wir haben Alles was den Zustand der Ackerbauer betrifft, soweit
die Nachrichten reichen, zusammengestellt. Ueber das eigentliche Ma-
terielle und Technische des Ackerbaues finden wir dagegen nur
wenig. Bei den unglücklichen Zeitverhältnissen hatten sich zu Confucius Zeit nach Lün-iü 18, 6 fg. mehrere Weise vom Staatsdienste zu-
rückgezogen und trieben Feldbau (Keng). Der Land- und Gartenbau
galt sonst damals schon für eine besondere Kunst oder Uebung; Fan-
tschhi, ein Schüler des Confucius, wollte Landwirthschaft (Kia) und dann
Gärtnerei (pu) von ihm lernen; er sagte aber, ich bin nicht wie ein
alter Landmann (nung) oder Gärtner (pu); der Weise habe anderes zu
lehren; s. Lün-iü 13, 4, 1.

Zunächst von den angebauten Producten, und zuerst von den Feldfrüchten. Man spricht von fünf Arten von Feldfrüchten (U-ko) und auch
von 9 Arten (Kieu-ko[1]). Jene erwähnt Meng-tseu VI, 1, 19: von allen Saaten,
sagt er, sind die 5 Feldfrüchte die Besten, aber wenn sie nicht reif sind,
sind sie nicht soviel werth als der Thi und der Pai (geringere Gras-
oder Kornarten). III, 1, 4, 7 heisst es: zu Yao's Zeit wuchsen sie nicht.
Auch Tscheu-li, 33, 17 sagt: die Provinz Yu-tscheu eignet sich für die
5 Arten von Saaten, wie bemerkt, nach den Schol. die Hirsearten Schu
und Tsi, Waitzen, Reis und Hülsenfrüchte (Scho), in Ping-tscheu 5 (statt
der letztern teu, Dolichos), in Yen-tscheu nach f. 31 nur die ersten 4,
in Yeu-tscheu nach fg. 40 nur 3, in Ki-tscheu 2 nach f. 45, in Yang-
und King-tscheu nur Reis. Nach dem Tscheu-li 2 f. 20, 12 f. 38 und
33, 1 (9) rechnete man 9 Arten von Feldfrüchten; nach den Schol.
zur ersten Stelle und den neueren Bestimmungen waren es: die Hirse
Scha (Cl. 202) (milium globosum?), die Hirse Tsi (holcus sorghum),
der Reis Tao, eine Art Reis Scho (woraus man gegohrenes Getränk
machte, Hanf (Ma) (Cl. 200), grosse Teu (dolichos, Bohnen), kleine

---

1) Wenn Tscheu-li 4, 14 von 6 die Rede ist, ist das nur für das Mahl des Kaisers; es sind nach
den Schol Reis, die Hirsearten Schu, Tsi u. Leang (Holcus), Waitzen (me) und Ku (? Wasser-
reis). Wir sprachen in u. Abh. Nahrung, Kleidung Wohnung d. a. Chin. S. 200 schon davon.

Teu (Erbsen), grosser Me (Cl. 199) (Gerste) und kleiner Me (Waitzen).
Im letzten Frühlingsmonate betet der Kaiser für die Waitzen-Frucht nach
Li-ki C. Yuei-ling 6 f. 54 v., vgl. auch f. 61. Diese und einige andere
Feldfrüchte, die oft schwer zu bestimmen sind, kommen einzeln auch
sonst noch vor; so Schu im Reiche Tsao (Schan-tung) im Schi-king I,
14, 4 und bei Meng-tseu III, 1, 4, 4, II, 4, 3, Schu und Tsi im Kaiser-
lande (Wang) Schi-king I, 6, 1, II 6, 5 und 6, IV, 1, 3, 6 p. 204; sie
reifen im 10. Monate im Reiche Pin (in Si-ngan-fu) nach Schi-king I,
15, 1 p. 67, so auch der Reis Tao ebenda. Nach Li-ki C. Yuei-ling 6
f. 64 lässt der Landmann (im 2. Sommermonate) die Hirse Schu auf-
gehen (teng schu). Tao und Leang baut man im Reiche Tang (dem
späteren Tsin in Schan-si) nach Schi-king I, 10, 8, Schu, Tsi, Tao
und Leang werden zusammengebaut II, 6, 7, p. 125, Waitzen (Me) in
Yung (Ho-nan) I, 4, 4. Nach IV 2, 4, p. 209 lehrte Heu-tsi schon den
Anbau von Schu und Tsi, von Scho (Erbsen) Waitzen (me), Reis (Tao)
und Khiü, nach la Charme schwerlich richtig Buchwaitzen, nach Medhurst schwarze Hirse; auch III, 3, 8 wird Khiü gespendet. Nach III,
2, 1 p. 157 vertheilt er verschiedene Arten Hirse und Korn Khiü,
Pi, Men und Ki, die schwer zu bestimmen sein möchten; er säete auch
Bohnen (jin-scho). — Scho giebt Legge Meng-tseu VII, 1, 23, 3 wie Medhurst
pulse, im Schi-king II, 5, 2 la Charme: pisa, II, 7, 8 aber fabas, s. S. 124 fg. —
Hanf (ma), Se sam, Waitzen (me) und pflanzte grosse und kleine Kürbisse
(Kua (Cl. 97) u. thie). Doch haben wir schon bemerkt, dass der Anbau
späterer Produkte hier auf den Ahnen der Tscheu übertragen sein möchte.
Noch kommt vor Thu, nach Medhurst eine klebrige Art Reis; aus dieser
wird ein geistiges Getränk destillirt. Die Aerndte ist reich: unsere Kornmagazine sind mit 10,000, 100,000 (i), 1000,000 Maass Korn gefüllt, heisst
es im Schi-king IV, 1, 2, 4 p. 198. Tse, soll eine Art Hirse sein, die geopfert wurde, Schu-king V, 1, 1, 6, Meng-tseu III, 2, 3, 3, und III, 2, 5, 2. Der Stif-
ter der 2 D. Thang (1766 v. Chr.) sendet sie da dem Fürsten von Ko,
dem sie zum Opfer vorgeblich fehlt. Lai und Meu hat Schi-king IV,
1, 1, 10 p. 197 und IV, 1, 2, 1; la Charme gibt diese durch triticum
und hordeum. Meu-me giebt Legge Meng-tseu VI, 1, 7, 2 durch
Gerste. Die zusammengesetzten Wörter, wie die für Buchwaitzen (kiao-me),
Mais weisen auf eine spätere Einführung hin. Man kann aber nicht

immer entscheiden, ob es 2 Ausdrücke sind oder 1 Compositum ist. Yeu, das zwischen dem Korn wuchs nach Meng-tseu VII, 2, 37, 12 ist vielleicht Lolch. Li-ki C. Yuei-ling 6 f. 49 v. stellt neben einander Li, Yeu, Pung und Kao als schädliche Gewächse. So im Schu-king C. Yü-kung II, 4, 3, 1 soll der Reis in der Hülse heissen, Legge giebt es im Meng-tseu VII, 1, 23, 3 Korn (grain). Es erschöpfen aber alle diese Namen gewiss lange nicht die angebauten Pflanzen. Darauf weiset schon der Ausdruck Pe-ko, die 100 Früchte, hin, wenn 100 auch natürlich nur eine runde Zahl ist, Schu-king V, 4, § 36 und 37 und sonst; wenn neuere Chinesen (s. Legge III p. 44) diese haben näher bestimmen wollen, so ist darauf wenig zu geben.

Im Schi-king namentlich finden wir noch eine Menge Pflanzen und Bäume genannt, die man kultivirte oder deren Früchte oder Blätter man zum Zwecke des Verbrauches einsammelte. Confucius empfahl seinem Sohne nach Lün-iü 17, 9, 7 die Lectüre des Schi-king eigens, weil man so viele Vögel, Wild, Gewächse und Bäume daraus kennen lerne. Die Bestimmung derselben ist aber noch schwieriger, da die Namen der Pflanzen und Bäume im Laufe der Zeit begreiflich nicht dieselben geblieben sind und es auch noch an einer chinesischen Botanik uns fehlt, welche auch nur für die neueren chinesischen Ausdrücke die der europäischen Wissenschaft substituirte. Die Chinesen haben in eigenen Werken die im Schi-king und den andern King vorkommenden Namen von Pflanzen und Thieren zu erläutern gesucht. So ist in der Sammlung von Werken aus den D. Han und Wei (Han Wei thsung-schu[1]) der Staatsbibliothek I, 10: Mao-schi Thsao, mo, nieu, scheu, tschung, iü su, d. h. Erklärung der Pflanzen, Bäume, Vögel, Vierfüsser, Insekten und Fische von Lo-ki und IV, 23 ein anderes Werk, Nan-fang thsao mo tschuan, d. i. Nachricht über (29) Pflanzen, (28) Bäumen, (16 Früchten und 6 Arten Bambu) der Südgegend. Das alte Wörterbuch Eul-ya in Sachordnung, das aus der Zeit der 3 D. Tschou noch herstammen soll, enthält in Abth. (Ti) 13 fgg. diese und auch noch andere alte Pflanzen- und Thiernamen, die in den Klassikern sonst nicht mehr vorkommen; die Erklärungen sind aber ganz kurz. Eine Prachtausgabe der Staatsbibliothek in folio gibt dazu zum Theil recht hübsche Abbildungen der Pflanzen — (von 80 Bäumen und 174 Pflanzen) — und Thiere, aber diese sind nicht alt, wie die auf altaegyptischen Denkmälern, sondern nur nach den Beschreibungen oder Annahmen Späterer gemacht; doch wird wer künftig über die Botanik der alten Chinesen schreibt sie zu berücksichtigen haben. Die ältesten Culturpflanzen Chinas nach dem C. Yü-kung haben wir in unserer Abh.; China vor 4000 Jahren S. B. 1869 1, 3 S. 260 zusammengestellt. Es fordert aber die wissenschaftliche Bestimmung derselben eine besondere Untersuchung, auf die wir uns hier nicht einlassen können. Wir waren daher zweifelhaft, ob wir eine Uebersicht aller Pflanzen, die im Schi-king vorkommen, gäben, da hier doch nur von den Culturpflanzen die Rede sein könnte, meistens aber nicht angegeben wird, ob z B. die Pflanze Ko cultivirt wurde, noch weniger wie und welche wilde Pflanzen man nur benutzte. Doch war das Sammeln derselben eine Beschäftigung; daher dieses. Der allgemeine Ausdruck für Gemüse oder essbare Kräuter ist Tsai und Su-tsai und für Hülsenfrüchte, Bohnen und dergleichen, Teu. Sehr häufig wird genannt die Pflanze Ko. Nach Schi-king I, 1, 2 wächst sie mitten in Thälern, hat üppige Blätter, die geschnitten und gekocht werden; man

---

1) S. m. Nachricht über diese Sammlung a. d. S. B. d. Ak. 1868 I, 2 S. 274 und 323.

machte daraus auch ein feineres oder gröberes Zeug, welches zu tragen dem Dichter nicht missfällt;
nach I, 3, 12 wächst sie auf dem Berge Mao-kieu; I, 1, 4 heisst sie Ko-lui, sie windet sich
darnach um die Bäume; auf dem Südberge kriecht nach I, 6, 7 die Pflanze Ko an der Erde neben
Bächen und Flüssen. Man sammelte sie nach I, 6, 8 und machte nach I, 8, 6 und I, 9, 1 Schuhe
daraus; man kann damit über den Reif gehen.

Eine andere Pflanze, die man in Körben pflückt, heisst Schi-king J, 1, 3 Küen; nach la
Charme p. 222 wurde sie beim Weine verwandt. Feu-i heisst I, 1, 8 eine Pflanze, die man sammelt; sie wurde nach la Charme p 223 gekocht gegessen. Die Pflanze Fan Schi-king I, 2, 2,
I, 15, 1 und II, 1, 8 an Bergwässern gesammelt, war nach la Charme p. 225 eine Art Absynth und diente
zum Füttern der Seidenwürmer Von der Pflanze Kue, die man nach Schi-king I, 2, 3 vgl. II, 5, 10
auf dem Südberge sammelte, wurde nach ihm p. 226 die Wurzel gegessen und zu Mehl gemacht;
ihr ähnlich war die Pflanze Wei nach ib., die auch gesammelt wurde. Die Pflanze Ping wurde
in den Thälern nach Süden gesammelt nach I, 2, 4, in Lagunen die Pflanze Tsao in Körben
gesammelt, gekocht und den Ahnen dargebracht nach I, 2, 4 und IV, 2, 3; man gibt es duckweed.
In das Kraut Mao wickelte man nach I, 2, 12, die Dammhirsche. Eine andere Pflanze Mao IV,
2, 3, p. 207 soll arum aquaticum sein, Tang I, 4, 4, eine medicinische Pflanze nach la Charme
p. 240; man pflückte beide. Nach I, 3, 10 und I, 10, 12 sammelte man am Berge Scheu-yang die
Pflanze Fung; la Charme p. 240 nennt sie eine Art rapa oder Senf. Fei I, 3, 10 heisst eine essbare Pflanze; ebenda wird die Pflanze Tsi gerühmt als süss (wegen ihres Saamen, der in der
Medicin gebraucht wurde nach la Charme); die Tu (auch III, 1, 3) nenne man bitter, da sie doch süss
sei. Ling I, 10, 12, nach einigen eine Art fungus oder tuber, wird gekocht gegessen; la Charme
gibt es I, 3, 13 aber glycyrrhiza. Die Pflanze J bringt I, 3, 17 eine Schöne mit vom Lande, wo
sie sie gesammelt hat. Die Pflanze Thiao I, 12, 7, wächst auf Hügeln und ist schön; s. auch II,
8, 9. Ku-tsai I, 10, 12 soll lactuca sylvestris sein; sie wird am Fusse des Berges Scheu-yang
gesammelt. Die Pflanze Kin III, 1, 3, soll gegessen werden nach la Charme p. 30). Die Pflanze
Schi diente zum Wahrsagen nach I, 5, 4 und I, 14, 4, vgl. Tscheu-li B. 34 f. 21—25. Die Pflanze
Mang I, 4, 10 soll in der Medicin gebraucht werden; man sammelt sie. Die Pflanze Tai II, 2, 3
wächst auf dem Südberge; nach II, 8, 1 flochten die Grossen der Residenz daraus Sommerhüte.
Auf dem Nordberge wächst nach II, 2, 3 die Pflanze Lai, (die Blätter sind essbar), vgl. II, 4, 9.
Die Pflanze Ngo wächst üppig an Abhängen nach II, 3, 2 und nach II, 5, 8 wird sie hoch. Die
Pflanze Khi II, 3, 4 gibt la Charme lactuca sylvestis; man pflückt sie auf zwei- oder einjährigen
Brachäckern; II, 6, 1 übersetzt er es dagegen durch Berberize; man pflückt sie auf dem Nord-
berge, III, 1, 10 trägt die bewässerte Gegend Fung sie; III, 2, 1 soll es aber eine Kornart sein;
der Schol. gibt es da durch weissen Leang. Man sieht, wie unsicher diese Bestimmungen sind! II,
4, 2 weiden die Pferde im Garten die Bohnen Ho ab. Tschu II, 4, 4 wird auf Feldern gepflückt,
Fu ebenfalls da. Yao I, 15. 1, hat im 4. Monate schon Blumen (oder schiesst in die Saat);
la Charme gibt es lolium. Tsiü, die man im 9. M. sammelt, gibt la Charme I, 15, 1 p. 67 ricinus,
Medhurst durch weiblichen Hanf. Kieu (Cl. 179), Lauch wird nach I, 15, 1. p. 68 im 4. Monate
dargebracht. Ko-lo, ein Rankengewächs I, 15, 3 soll nach p. 274 eine Art Kürbis sein. Die Kürbisse oder Melonen heissen sonst II, 2, 2 Kua (Cl 971; sie ranken an Bäumen hinauf I, 15, 3 und
heissen süss; I, 3, 9 heissen ihre Blätter aber bitter; nach II, 6, 6 werden Kürbisse an der Grenze
des Ackers gesäet, während mitten im Feld das Haus steht. Man zieht ihnen die Haut ab und
bringt sie dann den Ahnen dar. Besondere Arten von Kürbissen sind Piao Meng-tseu IV, 2,
29, 2 und Lün-iü 6, 9, dann [Iu Schi-king I, 3, 9 und Phao Lün-iü 17, 7, 4; Hu Schi-king II, 2, 2
soll ein Flaschenkürbis sein, nach II, 8, 7 kocht man die Blätter (zur Speise). Die Pflanze Wan-
lan I, 5, 6 treibt Zweige und Blätter; die Pflanze Hiuen-thsao I, 5, 8 übersetzt la Charme die
Vergesslichkeitspflanze; sie ist da im Nordhofe gesäet, (man soll darüber die Sorgen vergessen).
Zwei andere Pflanzen Khao und Yü erwähnt II, 5, 8, s. la Charme p. 286; Tui I, 6, 5 soll
eine Heilpflanze sein nach la Charme. Neben Scho (s. S. 122) auf dem Felde wird II, 6, 3

die Pflanze Siao am Ende des Jahres geerntet und eingespeichert; II, 7, 8 Scho in runden oder
viereckigen Körben eingesammelt. Die Siao wird auch I, 6, 8 gesammelt. Sie wächst nach I,
14, 4 in Menge am frischen Wasser, nach II, 2, 4 sehr hoch, wenn der Thau sie netzt. Die
Ngai, Artemisia I, 6, 8 wird gesammelt; man sucht eine 3jährige für eine 7jährige Krankheit
nach Meng-tseu III, 1, 9, 5. Der Hanf Ma (Cl. 200) Schu-king V, 22, 22, wächst mitten auf
Hügeln nach Schi-king I, 6, 10; nach I, 8, 6 wird er gesäet, nachdem das Feld nach Länge und
Breite gepflügt ist; nach I, 12, 4 waren vor dem Ostthore der Stadt Wassergräben, wo dann der
Hanf macerirt wurde. Dasselbe geschah mit den Pflanzen Tschhu und Kien ebenda; diese erwähnt auch
II, 8, 5. Se heisst der Hanf, der Samen trägt Schu-king III, 1, 1, 26. 60, Tschhu Schu-king
III, 1, 1, 60 war ein grober Hanf, aus dem man Zeuge machte. Die Pflanze Yeu-lung wächst
nach Schi-king I, 7, 10 in Thälern; sie wurde nach la Charme p. 250 gegessen. Diese Thäler haben
auch die Pflanze Ho-hoa; la Charme gibt es I, 7, 10 und 1, 12, 10 durch Nymphaea. Yu-liü
I, 7, 19 dient die Kleider schwärzlich-roth zu färben, vgl. la Charme p. 250. Die Pflanze Khin
wird nach II, 7, 8 an der Quelle gepflückt, IV, 2, 3 am Kanale; la Charme gibt es da apium
terrestre, Andere übersetzen es Malve. Kien heisst eine Blume I, 7, 21; Männer und Frauen tragen
sie im Frühlinge in der Hand, vgl. I, 12, 10; nach Medhurst ist es eine Wasserlilie. Die Pflanze
Mu wird nach I, 9, 2, am Flusse Fen gepflückt; so auch die Pflanze Sin oder vielmehr So, nach
Medhurst Wasser-Wegebreit. Die Vogel-Pflanze Niao umrankt nach II, 7, 8 mit der Pflanze Niü-
lo, Fichten und Cypressen. Die Pflanze Lien wird nach I, 10, 11 auf dem Felde gesammelt, wächst
auch um die Gräber. Lan II, 8, 2 übersetzt la Charme durch Indigo indicum; sie wird da von
Mädchen gesammelt. Der Li ki C. Yuei-ling 6 f. 64 sagt: (im 2. Sommermonate) wird das Volk
befohlen den Lan (noch) nicht abzuschneiden zum Färben (i jen). Ueber das Färben s. f. 67 v. (p. 28)
u. Schi-king I, 15, 1 p. 66. Kiao I, 12, 2, soll nach la Charme eine Wasserpflanze sein mit vielen
Blumen. Die Pflanze Pu I, 12, 10 ist eine Wasserpflanze, die nach la Charme esslar war. Han-tan
ebenda gibt er durch Nymphaea; nach Medhurst ist es eine Art Malve. Die Pflanze Lo II, 8,
2 wird Abends gepflückt; nach Medhurst gäbe sie eine grün-gelbe Farbe. Pe-mao II, 8, 5 und
Kien ebenda sind blühende Pflanzen. Rohr oder Binsen Huan schneidet man im 8. Monate nach
I, 15, 1 p. 61. Ueber die Pflanze Pung I, 2, 14 s. la Charme p. 231.

Dies möchten die vornehmsten Pflanzen sein, die im Schi-king erwähnt werden, aber schwer
zu bestimmen sind. Die Gemüse und Würzen, die man ass, s. schon in unserer unten erwähnten Abh. S. 203.

Von Bäumen werden auch im Schi-king eine ziemliche Anzahl
genannt. Wir wollen die Obstbäume[1]) und andere Nutzbäume mög-
lichst unterscheiden. Vom Maulbeerbaum (Sang) heisst es im Schi-
king I, 4, 6: wir blicken auf die Ländereien herab und sehen da Felder
mit Maulbeerbäumen bepflanzt und I, 5, 4: Die Blätter des Maulbeerbaumes, ehe sie abfallen, werden gelb; Vögel Kiu fresst doch nicht

---

1) Der allgemeine Ausdruck für Frucht ist Schi, für Baumfrucht Ko; Lo im Tscheu-li 4, 42 von
Kräutern, (tshao); nach andern sind dies Früchte, die unter der Erde wachsen. Zur Zeit der
Bildung der Tonsprache hatte man für Feld- und Baumfrucht nur ein Wort (Ko), zur
Zeit der Schriftbildung unterschied man Ko Korn oder Feldfrucht und Baumfrucht. Für
Kernfrüchte hat man ein eigenes Wort He nach Schol. Tscheu-li 16, 41. Die Nähr- und
Kleidepflanzen der alten Chinesen sind in u. Abh. Nahrung, Kleidung u. Wohnung d.
a. Chin. München 1868 S. 201 fgg. und 224 fgg., a. d. Abh. d. Ak. schon erwähnt.

126

meine Maulbeeren (Schin); IV, 2, 3 p. 209 fressen auch die Vögel Hiao
sie. Nach I, 15, 1 p. 66 werden im 8. Monate die Blätter abge-
pflückt, um die Seidenwürmer zu nähren; die zu hoch gewachsenen
Zweige werden abgeschnitten, die zarten Zweige aber verschont und
bloss die Blätter davon genommen. Nach I, 15, 2, auch bei Meng-
tseu II, 1, 4 § 3, verstopfte man mit den Wurzeln im Winter die Ritzen
von Thüren und Fenstern. Auf dem Baume findet man nach I, 15, 3
das Thier Thu. Mit dem Holze des Maulbeerbaumes heitzte man nach
II, 8, 5 auf dem Heerde. Besonders dicht belaubt wuchsen sie nach
II, 8, 4 auf Niederungen, nach II, 2, 3 aber auch auf dem Südberge.
Man pflanzte sie auch in Gärten. Oh! Tschung-tseu, sagt ein junges
Mädchen in Tsching I, 7, 2: ich bitte dich klettere doch nicht über
unsere Gartenmauer und zerbrich nicht die Maulbeerbäume, die wir gepflanzt haben. I, 9, 2 pflückt man die Blätter des Maulbeerbaumes am
Flusse Fen in Wei; nach I, 9, 5 besorgen Leute die Maulbeerbäume
auf dem Acker von 10 Meu und jenseits; die Vögel Pao sitzen darauf
I, 10, 8. Meng-tseu I, 1, 3, 4 und 7 § 24 u. VII, 1, 22 § 2 empfiehlt
die Anpflanzung von 5 Meu mit Maulbeerbäumen bei (jeder) Wohnung
(tse). Nach Tschuang-tseu im J-sse 95, 1 f. 8 hatte (Confucius Schüler)
Yen-hoei ausser der Vorstadt ein Feld von 50 Meu, genügend ihn zu
versehen mit Reisschleim (i ki kien tscho) und innerhalb der Vorstadt
ein Feld von 10 Meu, genug davon Seide und Hanf zu ziehen (i wei
sse ma). Aus allen diesen Stellen geht hervor, wie die Maulbeerbäume der
Früchte (Schin), noch mehr aber der Blätter zum Füttern der Seidenwürmer
wegen gezogen und benutzt wurden. Die Kaiserin pflückte die Blätter im
3. Frühlingsmonate nach Li-ki C. Yuei-ling 6 f. 56 u. 61. Sie kommen in Yen-
tscheu schon im Schu-king im C. Yü-kung III, 1, 16 vor. Von den wilden Maulbeerbäumen Tsche und Yen s. unten S. 129. Der Firnissbaum Tsi
findet sich auch schon im C. Yü-kung Yen-tscheu lieferte als Tribut
Lack und Seide nach C. III, 1, 19; Lack auch Yü-tscheu ib. 60. Der
Charakter weist schon darauf hin, dass der daraus gezogene Saft benutzt wurde. Nach Schi-king I, 4, 6 machte man aber aus dem Holze
auch die musikalischen Instrumente Kin und Se. Nach I, 10, 2 wuchs
er auf Bergen, nach I, 11, 1 in Tsin an abschüssigen Oertern.

Von den eigentlichen Fruchtbäumen kommen 2 Arten Orangen

Yeu und Kio, diese, wie man meint, die Pompelmus, schon im C. Yü-kung III, 1, 1, 44 vor. Der Tscheu-li B. 40 f. 10 sagt: wenn die süssen Orangen nördlich vom Hoai-ho (33—34⁰ n. Br.) verpflanzt werden, werden sie sauer. Im Schi-king kommt am Häufigsten vor die Pfirsiche, Thao; I, 1, 6 preiset ihre Blüthen, wie I, 2, 13 diese und die der Pflaume (li); I, 5, 10 erwähnt der Frucht, die man abschlug; I, 9, 3 heisst es, die Pfirschen die in unserem Garten wuchsen, haben wir verzehrt. III, 3, 2 p. 173 werden sie verschenkt. Im mittlern Frühlingsmonate, sagt der Li-ki C. Yuei-ling 6 f. 50 v. beginnt der Regen, die Pfirsche fängt an zu blühen. Im Bambubuche bei Legge Prol. T. 3 p. 157 und 166 wird erwähnt, dass unter Kaiser Yeu-wang A⁰ 10 (770 v. Chr.) im 9. Monate die Pfirschen und Mandeln (hing) im Herbste Früchte trugen, unter King-wang im 19. Jahre (524 v. Chr.) aber im Winter im 12. Monate blühten. Han-thao im Li-ki C. Yuei-ling 6 f. 64 erklärt der Schol. durch Yng-thao Kirschen. Die Pflaumen Mei erwähnt der Schu-king C. Yue-ming IV, 8, 3, 2: aus Pflaumen macht man angenehme Suppen; nach Schi-king I, 2, 9 fallen sie vom Baume ab; nach I, 12, 6 standen sie an den Gräbern und Schaaren von Vögeln Tschi-hiao sassen darauf; I, 11, 5 findet man sie auf dem Berge Tschung-nan, wie auch den Baum Thiao, der nach la Charme zu Wagen verarbeitet wurde; II, 5, 10 wachsen sie mit den Castanien auf Bergen. Pflaumen Li erwähnt I, 5, 10 und I, 6, 10 auf Hügeln. (Bei Meng-tseu III, 2, 10, 1 wächst einer über einen Brunnen, ein Wurm (tshao) hat die Frucht halb verzehrt). Süsse Birnen, Kan-thang, kommen I, 2, 5 vor; sonst heissen sie Thang-li; nach la Charme p. 226 soll dies eine Art mit kleinen Früchten sein. II, 6, 10 heisst eine Art Birne Tschang; sie hat üppige Blumen und Blätter, die Blumen sind von gelber und weisser Farbe; I, 10, 6 heisst eine Art Birnbaum Tu; reich an Blättern I, 10, 10 steht ein einsamer Baum am Wege; II, 1, 9 heissen ihre Früchte sehr saftreich. Thang-ti I, 2, 13 werden ihrer Blüthen willen gerühmt; nach la Charme p. 230 wäre es eine Art Kirsche. Tsien soll eine kleine Art Castanie sein, nach la Charme aber eine Haselnuss, nach I, 3, 13 wächst er auf Bergen; es nistet nach I, 14, 3 der Vogel Schi-kieu auf diesen, wie auf den Maulbeerbäumen und den Mei; nach II, 7, 5 sitzen Fliegen darauf. Man sieht sie, wie auch die Bäume Hu, nach

III, 1, 5 am Fusse des Berges Han. Der Baum Thung, schön nach C. Yü-kung III, 1, 1, 35 in Siü-tscheu, nach Legge eine Dryandra, soll nach Schi-king I, 4, 6 Oel geben; man pflanzt da Castanien und J (? Haselnüsse), Bäume Y und Thung, Tse und Firnissbäume. (Im letzten Frühlings-monate beginnt nach Li-ki C. Yuei-ling 6 f. 54 der Thung zu blühen; der Ping (duckweed) fängt an zu wachsen. Aus Meng-tseu VI, 1, 13, 1 sieht man, dass die Thung und Tse gezogen wurden. Legge meint da, es seien beide Euphorbien; aus jenen fertigte man Lauten.) Die Bäume Thung und J erwähnt auch II, 2, 5 ihrer Früchte wegen; III, 2, 8 heisst jener U-thung. Mo-kua I, 5, 10 sollen Quitten sein. Casta-nien Li am Ostthore erwähnt Schi-king I, 7, 15, neben J (? Haselnüssen) I, 4, 6, in Thälern I, 10, 2 und zwar in gewässerten I, 11, 1, auch II, 5, 10. Su-tsin im Tschen-kue-ki B. IV f. 1 und Sse-ki B. 69, S. B. 32 S. 645 sagt vom Reiche Nord-Yen: baut man da auch nicht das Feld, so hat es doch die Früchte des Kreuzdorns und der Castanie. Ki, Zizyphus, nach Medhurst eine kleine Dattel, werden nach I, 9, 3 in Gärten (Yuen) gezogen und die Früchte gegessen; I, 14, 3 gibt la Charme es aber durch rubus, I, 10, 8 durch dumetum, ebenso II, 7, 5. (Meng-tseu VI, 1, 14, 3 sagt: wenn ein Gärtner (Tschang-sse) die Fruchtbäume Wu und Kia (dies sollen dieselben sein wie der Thung und Tse) ver-nachlässigte und zöge dafür saure wilde Datteln, das wäre ein sehr schlechter Gärtner und VII, 2, 36, 1 erwähnt er auch noch der Schaaf-datteln, Yang-tsao; Tseng-si hatte sie gerne, Tseng-tseu konnte sie aber nicht leiden). Tschang-thschu I, 13, 3 heisst ein Strauch mit biegsamen Zweigen in Thälern; nach den Schol. ist er der Pfirsche ähnlich. Eine andere Frucht ist die Jü I, 15, 1 p. 67; man isst sie wie die Tu im 6. Monate; nach la Charme ist es eine Art saurer Kirsche, nach Medhurst eine Art Pflaume.

Die übrigen Nutzhölzer sind zum Theile noch schwerer zu bestimmen. Am Bekanntesten sind Sung, die Fichte und Pe, die Cypresse. II, 1, 6 wünscht man dem Könige, dass er immer blühen möge, wie diese immer grün seien; in Lu werden nach IV, 2, 4 p. 213 die Fichten auf dem Berge Tsu-lai, die Cypressen auf dem Berge Sin-fu gefällt, in Stücken von 8—1 Fuss; die Fichten dienen als Ziegel zum Decken des Ahnentempels und nach IV, 3, 5 p. 219 werden auch auf dem Berge King beide gefällt und aus den Fichten Ziegel und Thürpfosten gemacht. Wei-den, Yang finden sich am Ostthore I, 12, 5, in feuchten Thälern nach I, 11, 1; aus ihnen machte man Nachen nach II, 7, 8[1]); eine andere Art Weide Lieu erwähnt II, 5, 8 p. 108 als schattig und

---

1) Es ist nicht die Pappel, wie la Charme p. 54 und 153 hat.

II, 7, 10; beide II, 1, 7; eine andere Weide Ki II, 5, 10, diente zu Hecken, womit man die Gärten einfasste; II, 1, 2 gibt la Charme es aber durch rubus, (II, 1, 9 Heu-ki durch oxia cantha sinica); II, 2, 3 wächst der Ki auf dem Südberge. (Meng-tseu VI, 1, 1 verbindet Ki-lien.) Ulmen, Fen, sind am Ostthore I, 12, 2; Hiü Eichen nach la Charme, nach Medburst aber eine Art Castanie, in den Thälern I, 12, 2 und II, 1, 2 neben dem Maulbeerbaume II, 4, 3. Tsiao im Schiking I, 10, 4, soll nach la Charme p. 259 chinesische Pfeffer sein. Der Baum heisst da sehr fruchtbar an Beeren, so dass man von einem Baume ein ganzes Mass Tsching erndte; auch I, 12, 2 wird er erwähnt. I, 11, 7 heisst es: die Berge tragen den Baum Li, die Thäler den Baum Lo- (Liu) po; beide sollen nach la Charme p. 265 der Ulme ähnlich sein, die dann erwähnten Ti auf Bergen und Sui in Thälern aber Species von wilden Birnen. Der Baum Tso II, 7, 4 hat ein hartes Holz, wächst auf rauhen Bergen und wird gefällt; seine Zweige sind nach II, 7, 8 sehr belaubt; nach III, 1, 3 p. 147 haben dieser und der Baum Yü (Ye) nur wenige dünne Zweige; man rottet beide nach III, 1, 7 p. 150 aus, um den Weg zu bahnen, nach III, 1, 4 wächst der Yü üppig, mehrere Bäume zusammen liefern den Holzhauern viel Holz; das Holz beider Bäume wird nach III, 1, 5 p. 148 verbrannt. I, 4, 6, hat neben dem Thung, der schon oben erwähnt wurde, den Tse; dieser kommt auch II, 5, 3 p. 108 vor. Der Baum Tan wird in Gärten (Yuen) gepflanzt II, 3, 10. I, 7, 2; man verarbeitete ihn zu Wagen nach la Charme II, 1, 9 und III, 1, 2 p. 145, I, 9, 6 fällen die Holzhauer ihn am Flusse. Der Baum Kiü I, 10, 2, der auf Bergen wächst, soll zu Lanzenschäften gedient haben. Die Berge tragen da auch den Baum Kao, (ebenso der Südberg II, 2, 3). dann die Thäler Ulmen und den Baum Nieu, der auch II, 2, 3 vorkommt. Ein Baum J wird noch II, 5, 10 erwähnt. II, 2, 3 wachsen auf dem Südberge der Baum Kiü und auf dem Nordberge der Baum Yü, s. la Charme p. 279. Die Frucht jenes Baumes wandte man nach ihm an, den Wein zu enthefen. I, 4, 6 erwähnt noch den J, der auch II, 2, 5 neben dem Thung vorkommt; ihre Früchte werden da erwähnt. Eine Reihe von Waldbäumen erwähnt Schi-king III, 1, 7 p. 150: Tan-fu, heisst es da, der Ahn der Tscheu, that weg (bei seiner Ansiedlung) die abgestorbenen Bäume und die noch standen oder zu Boden darniederlagen; die zu dichte standen lichtete er; die Bachweide Tschhing am Ho und den Kiü-Baum schnitt er aus, den Yen und Tche beschnitt er. (Der letztere soll eine Art Maulbeerbaum sein, mit dessen Blättern man die Seidenwürmer futterte, während man aus dem Holze musikalische Instrumente u. Bogen nach dem Khao-kung-ki B. 44 f. 17 und Pfeile nach Li-ki cap. 40 machte und mit der Wurzel nach Medburst gelb färbte; im Li-ki C. Yuei-ling 6 f. 56 (p. 26) gebietet der Kaiser, im 3. Frühlingsmonate dem Feldwart (Ye-iü) nicht umzuhauen die Maulbeerbäume Sang und Tsche. Der Yen, schon im C. Yü-kung III, 1, 1, 26 erwähnt, soll ein wilder Maulbeerbaum sein, der zu Bogen und Radnaben verarbeitet wurde, wie der Kiü zu Stöcken und Lie, eine Art Castanie, zu Wagen). Das Lied fährt fort: Gott (Ti) blickte auf die Berge, wie die Bäume Tso und Yü (Y) ausgerottet wurden und zwischen Fichten und Cypressen der Weg gebahnt wurde. Es gewährt diese Stelle einen kleinen Einblick in die Arbeiten der ersten Ansiedler. Da die Steinkohlen damals wohl noch nicht bekannt, Torf auch jetzt noch wohl kaufn angewandt wird, sammelte man Holz im Walde oder Garten zum Brennen auf dem Heerde. Der allgemeine Ausdruck für Brennholz ist Sin; Meng-tseu I, 1, 7, 10 und VI, 1, 18, 1 spricht von Wagen voll Brennholz (Yü sin). Ein anderer Ausdruck ist Jao bei Meng-tseu I, 2, 2, 2. Die Armen sammelten es in Wen-wang's Park. Man sammelt im (3. Wintermonate) nach Li-ki C. Yuei-ling 6 f. 91 das Brennholz Sin und Tschhai zu Opfern; jenes ist nach den Schol. das grosse, das gehauen werden kann, dies das kleine. Für China besonders wichtig war noch der Bambu (Tschu, Cl. 118), wie die Chinesen sagen, weder Baum noch Strauch, der zu allen möglichen Geräthschaften schon früh verwandt wurde, z. B. zu Pfeilen Schu-king V, 22, 19. Es gab besondere Arten; man machte Reis- oder Zeugkörbe aus dem Sse IV, 8, 2, 4; so diente der Siün, eine weiche Bambuart. zu Matten V, 22, 18, der Kuan zu Pfeilen; Siao war ein dünner Bambu III, 1, 1, 42 und 44, Thang eine grosse Art ib.; eine Art hiess Lu III, 1, 1, 52. In der Sammlung der Schriften aus der D. Han und Wei IV, 29 ist schon ein eigenes Werkchen über die Bambu (Tschu-pu), das auch der Catalog K. 12 fol. 7 erwähnt.

Da das Land südlich vom Kiang damals noch nicht zu China gehörte, oder doch erst in der letzten Zeit zum Theil dazu kam, so waren den alten Chinesen die Früchte des Südens, wie der Li-tschi und Lung-yen (Drachenauge), damals noch unbekannt, ebenso die Culturpflanzen Baumwolle, Zucker[1]), Thee, Tabak, desgleichen der Weinstock. Auch die eigentlichen Gewürze kamen erst später aus dem indischen Archipel nach China; doch erwähnt Khio-yuen im Li-sao in den Gedichten aus Tschu, übersetzt von Pfizmaier, p. 6, 7, 22, 35, hier in Tschu schon (250 v. Chr.) den Pfefferstrauch und den Zimmtbaum. Nach p. 7 waren 9 Wan (20 chinesische Meu) mit Lan (Indigo) bepflanzt, man baute nach p. 6 den Beifuss Siao u. s. w.

Ueber den Gemüsebau und die Blumenzucht finde ich nichts.

Wir erwähnen nun zunächst der Ackergeräthe. Nach Y-king Hi-tse 13, 3, T. II p. 529 lehrte Schin-nung die Kunst, das Holz zuzuschneiden für den Pflug, es auszuhölen für das Joch und die Ochsen anzujochen. Der allgemeine Name für Pflug ist Lui (Cl. 127) — der Ausdruck Li findet sich erst später — Schi-king III, 1, 4, 2 und 3, 5; dem Charakter nach wird er ursprünglich nur aus einem gekrümmten Baume bestanden haben. Die Pflugscharr heisst Sse IV, 1, 3, 5; sie wird geschärft (Lio) II, 6, 8. Im (3. Winter) Monate, sagt der Li-ki C. Yueiling 6 f. 91 v., heisst er das Volk erinnern, die 5erlei Samen (aus den Scheuren) herauszuthun, und befiehlt den Landmann die Angelegenheit des Pflügens zu bedenken, in Ordnung zu bringen die Feldgeräthe Lui und Sse. (D. Schol. bemerkt, dies sei ein zugehauenes Holz, jetzt aus Eisen. Nach Meng-tseu III, 1, 4, 4 war sie schon zu seiner Zeit aus Eisen (i thie keng hu), obwohl ursprünglich auch der Spaten nach dem Y-king nur aus Holz war. Die genauern Dimensionen desselben nach dem Khaokung-ki B. 44 f. 3 fg. s. unten bei der Industrie, beim Wagner, der sie machte. Keng heisst sonst pflügen Meng-tseu I, 1, 5, 3, 4. Der Zusatz-Charakter deutet an, dass man Quadrate bildete. 2 Mann sind zusammen beim Pflügen beschäftigt Lün-iü 18, 6, 1 (ngeu eul keng). Harken oder die Saat bedecken, heisst Yeu, dem Character nach mit einem Ackergeräthe Meng-tseu VI, 1, 7, 2. Lün-iü 18, 6, 3. Für Hacke finden wir den Ausdruck Tseu-ki, Meng-tseu II, 1, 1, 9; dem Character nach war sie wohl aus Metall. Auch Pa ist eine Hacke nach dem Tschen-kue-tse und Schuewen, aber dem Character nach wohl aus Holz; ein anderer Ausdruck ist

---

1) Der Fo kue ki f. 4 v. (p. 27) findet 399 n. Chr. im Reiche Kie-tscha nur 3 Pflanzen, die auch China habe, den Bambu, Granatapfel und das Zuckerrohr, (Kan-tschai) das also der Zeit schon da war. Ueber die Einführung der Baumwollencultur in China s. m. Abh. Nahrung u. Kleidung S. 34 (Abh. XI, 3 S. 226), über die des Thee Klaproth im Asiatic Journal 1835.

Po Schi-king **IV**, 1, 3, 6 u. 1, 2, 1 (auch Tscheu-li 40 f. 7). Unbestimmter ist der Charakter **Tsien**; man sieht nur, dass es ein Ackergeräthe ist. Zum Mähen des Kornes diente eine kleine **Sichel**, **Tschi**, Schi-king IV, 1, 2, 1, alle 3 waren dem Character nach aus Metall. Dies ist das Wenige, was ich über die Ackergeräthe finde.

Das wilde unbebaute Land heisst Tien-ye Meng-tseu IV, 1, 1, 9, VI, 2, 7, 2 und davon Ye-jin ein roher Bauer Meng-tseu III, 1, 3, 14. Das Brachfeld heisst Lai bei Meng-tseu IV, 1, 14, 3; das Feld zum Anbaue erst aufbrechen Tse im Schu-king V, 7, 11 und 11, 4 Schi-king II, 3, 4 und der Schol. erklärt es da vom ersten Jahre; im zweiten Jahre hiess das Feld nach ihm Sin-tien, das neue Feld; Schi-king II, 3, 4 sammelt man darauf die Pflanze Ki, nach la Charme lactuca silvestris, die gegessen wurde. Der Tscheu-li B. 9 f. 27 unterscheidet das Land ohne, das mit 1 und mit 2 Wechseln, d. h. das Feld das nie oder ein oder 2 Jahre brach lag, also immer oder nur je das 2. und 3. Jahr bebaut wurde, s. oben S. 110. War im 2. Jahre noch Unkraut darauf, so wurde es sorgfältig ausgerauft. Für Krauten hat man mehrere Ausdrücke, so Yün, gleichsam die Wolken wegackern, Meng-tseu II, 1, 2, 16, Lün-iü 18, 7, 1; man sammelte das Unkraut in Körben aus Bambu (thiao) ib. Es heisst auch Nao Meng-tseu I, 1, 5, 3, 4. Das Unkraut wurde zu Ehren des Schutzgeistes des Ackers verbrannt. Der Schutzgeist des Feldes, heisst es Schi-king II, 8, 1, möge alle schädlichen Kräuter des Feldes verbrennen. Säen heisst po, d. i. mit der Hand (Korn) auf dem Felde ausstreuen, neben tschung Meng-tseu VI, 1, 7, 2; kia, wie maritare, III, 1, 4, 8 (auch Schi-king I, 9, 6) und schu III, 2, 10, 3, eigentlich Bäume pflanzen, dann überhaupt anbauen III, 1, 4, 18 u. Schu-king III, 1, 30 und 63.

Dass man die verschiedenen Früchte nach der verschiedenen Bodenbeschaffenheit zum Anbaue vertheilte, ist schon oben S. 116 angedeutet. Auch das Düngen kommt schon bei Meng-tseu und sonst vor. Meng-tseu III, 1, 3, 7 sagt: in schlechten (hiung) Jahren, wenn auch das Düngen der Felder nicht genug liefert — — und V, 2, 2, 8: 100 Meu, die gedüngt sind, nähren 9 Personen. Der Li-ki C. Yuei-ling 6 f. 68 v. sagt: im 3. Frühlingsmonate, wenn (das Feld) oben befeuchtet (jun jo) und heiss ist und die Zeit der grossen Regen kommt, verbrennt man das

132

Unkraut (schao), lässt des Wassers Nutzen darüber gehen, zu tödten die
Pflanzen wie mit warmen Wasser (je thang); so dient es zum Düngen des
Feldes.   Durch Pflügen kann man dann schön machen (meï) der Erde
Stand. Der Ausdruck Fen, Dünger, zusammengesetzt aus Reis (Cl. 119) über
Korb (nicht Feld) und 2 Hände, weiset darauf hin, dass man wohl ur-
sprünglich nur das Stroh dem Acker wieder zurückgab; von der jetzigen
Art der Chinesen, alle Abfälle, auch Menschenkoth, in grossen Gefässen
in den Städten zusammen mit Wasser zu verdünnen und dann weniger
den Boden als die einzelnen Pflanzen, die auch vor der Aussaat einge-
weicht werden, damit zu begiessen, habe ich nicht erwähnt gefunden.
Doch s. unten S. 134 nach Tscheu-li B. 16 f. 16 weiteres Detail, wie
der verschiedene Boden verschieden gedüngt wurde, wenn das nicht blosse
Speculation ist.

Dass die Chinesen früher auch schon die Felder und Gärten bewässert haben, unterliegt wohl keinem Zweifel, obwohl ich die jetzigen
verschiedenen Bewässerungsmaschinen noch nicht erwähnt gefunden habe.
Schon die regelmässige Anlage der Felder mit verschiedenen mehr oder
minder grossen und tiefen Bewässerungs-Canälen, die wir oben S. 115 fg.
aus dem Tscheu-li B. 15 f. 8 angeführt haben, weisen darauf hin,
ebenso die kurze Beschreibung China's aus der Zeit der 3. D. Tscheu im
Tscheu-li 33, 3 (oben S. 118), wo neben den Flüssen immer die Bewässerungs-
Reservoirs (tsin) hervorgehoben werden, so auch die Arbeiten Yü's nach
dem C. Yü-kung und Y-tsi II, 4, 1, wo die Bewässerungs-Canäle besonders erwähnt werden. Der Schi-king im Siao-ya sagt, er bewässert diese
Reisfelder (tsin pi tao tien). Die grösseren Canalbauten wurden durch
Frohnden beschafft. Dass auch solche Wasserbauten später nach dem
Verfalle der Kaisermacht theilweise noch unternommen wurden, ergibt
sich aus dem Bambubuche. Unter Hien-wang A⁰ 8 (359 v. Chr.) heisst
es da bei Legge Prol. T. 3 p. 171 : man liess das Wasser des (gelben) Flusses
in Pu-thien (Tschung-meu in Khai-fung in Ho-nan 34⁰ 47 Br.) eintreten,
legte einen grossen Canal an und leitete das Wasser hinein. Die Leute
von Hia-yang (S. W. von Kiai, in Schan-si) leiteten den Fluss Tsing-y
(Ngo-mei, 29⁰ 32 Br. in Sse-tschuen) vom Berge Min und bei Legge T. 3
p. 174 heisst es: unter Hien-wang A⁰ 29. 3. Monat (339 v. Chr.) legte
man (in Wei) einen grossen Canal (ta kieu) an in der Nord-Vorstadt

(iü pe kiao), um das Wasser des Phu-thien dahin abzuleiten (i hing Phu-
thien tschi schui). Es ist hier zunächst freilich von Canälen die Rede,
doch werden sie auch zur Bewässerung der Felder benutzt sein. Unter
den Massregeln, die Huan-kung von Thsi (683—42) in der Versammlung
zu Khuei-khieu die Vasallenfürsten annehmen liess, war die 5te die: Wu
khio-fang, keine krummen (unmoralische) Damm(anlagen, den Andern das
Wasser zu entziehen oder ihr Land zu überschwemmen). Das Reifen
des Korns heisst Scho. Wenn bei gleichem Boden und gleicher Saatzeit, bei der Reife der Ertrag nicht gleich ist, sagt Meng-tseu VI, 1, 7, 2
war der Boden (verschieden) reich (fei), oder mager (steinig, tschi)
oder die Ernährung durch Regen und Thau oder der Menschen Thätigkeit (sse) nicht in Ordnung (tsi). Der Begriff der Ordnung (Cl. 210,
tsi) geht selbst von einem ebenen Aehrenfelde aus. Der Tscheu-li enthält schon Speculationen über die verschiedenen Thier- und Pflanzen-
producte nach der Verschiedenheit des Bodens. Nach B. 9 f. 1 hält
der Ta sse-tu (Ober-Director der Menge) die Karten über das Gebiet
der Reiche, und die Zahl ihrer Bewohner — kennt so Länge und Breite
des Gebietes der 9 Provinzen, unterscheidet die Namen und Producte
ihrer Berge, Wälder, Wasserläufe, Seen, grossen und kleinen Hügel,
Flussufer, Hochebenen, Niederungen und Sümpfe, unterscheidet die
Reiche und Apanagen, bestimmt die Gränzen des Kaisergebietes und
fixirt sie durch Canäle und Dämme. — Er unterscheidet nach f. 6 die
Arten, die auf den 5 Boden-Classen vorkommen: 1) In Bergen und Wäldern
sind die beweglichen Species: die behaarten, (wie Marder, Fuchs, Eber,
Dachs), die gepflanzten: die schwärzlichen (wie Kastanie und der Tso),
die Menschen sind da behaart und viereckig; 2) in Wasserläufen und
Seen sind die beweglichen Species: die mit kleinen Schuppen (wie
Fische und Drachen (Crocodile?), die gepflanzten: die mit Hüllen (wie
die Wasserpflanzen Kien und Lien (Wasserlilien), die Menschen sind
schwärzlich und fett; 3) auf Hügeln und an Küsten sind die beweglichen Species: die geflügelten (wie Fasane), die gepflanzten: die mit
fleischigen Früchten (wie Kirschen und Pflaumen), die Menschen sind
da rund und gross; 4) am Ufer der Flüsse und in niedrigen Ebenen
sind die beweglichen Species: die mit grossen Schalen (wie Schildkröten),
die gepflanzten: das Stein- oder Kernobst (wie der Wang-ki, eine Art

134

Brustbeerbaum und Tsi-kie), die Menschen sind da weiss und schlank;
5) in Hochebenen und auf sumpfigen Boden sind die beweglichen
Species: die nackten (ohne Haare und Schuppen, wohl Frösche und
Würmer), die gepflanzten: die buschigen, (Rohre und wilde Pflanzen),
die Menschen sind da fleischig und untersetzt. Nach Tscheu-li 16 f. 21
hat der Tu-hiün dem Kaiser die Karten zu erklären, um ihm die Arbeiten anzudeuten, die sich für jedes Land eignen (so nach den Schol.
für die Provinzen Yang- und King-tscheu, d. i. das Thal des Kiang, der Reisbau,
für Yeu- und Ping-tscheu, d. i. Nord-China, der Hanfbau). Er erklärt
ihm das Ungeeignete (Ungesunde) der verschiedenen Länder, unterscheidet ihre Produkte und wie diese sich bilden, um ihm anzudeuten,
was er von jeder Provinz ansprechen könne.

Ueber die Bearbeitung des Feldes waren nach Tscheu-li B. 16
f. 16 (7) die Pflanzenleute (Tsao-jin) gesetzt, die mit der Kunst beschäftigt
waren, den Boden umzubilden. (In der Zeit der Han schrieb nach
Schol. 2 über den Ackerbau Ki-sching am Besten.[1]) Sie unterscheiden
die Natur des Bodens und bestimmen (besonders nach der Farbe) was
auf demselben zu säen ist. Im Allgemeinen düngen sie nach dem
Tscheu-li die Saaten so: Bei dem rothen und harten Boden wenden sie
den Extrakt von Ochsen an, bei dem gelbröthlichen den von Schaafen,
bei weichem, zerbröckelndem den von grossen Hirschen (Mi), bei dur-
stigem, sumpfigem Lande den von gewöhnlichen Hirschen (Lo), bei salzigem
Boden den vom Huan (? Dachs), bei pulverartigem den von Füchsen, bei
schwarzem, starkem Boden den von Schweinen, bei festem und hartem den
von Hanf, bei leichtem und trockenem Boden den Extract von Hunden.
(Nach den Schol. wurden die Knochen dieser Thiere gekocht oder ge-
brannt und die Saamen in die Brühe eingeweicht, und dann in die 9
Arten des Landes gesäet. Vom Hanfe nahm man die Asche, nachdem
man ihn verbrannt hatte. Man düngte nach diesem eigentlich nicht
das Feld, sondern nur die Saat. Die 9 Arten des Bodens hier sind
übrigens verschieden von denen im Cap. Yü-kung oben S. 118.)

Was das Besäen der Niederungen betrifft, so stand nach f. 17 fgg.
dieses unter dem Tao-jin, dem Reismann. Er sammelte das Wasser mittelst

---

1) Nach Wylie p. 75 hat man jetzt kein chin. Werk über den Ackerbau älter als Saec. 5 n. Chr.

eines Reservoirs (tschu) und hielt es ab durch eine Barre (fang[1]). (Der Tso-
tschuen Siang-kung A 25 sagt: Man bereitet die Stelle zur Barre, man macht
ein rundes Reservoir, wo sich die Gewässer sammeln. Die Barre, bemerkt der Schol. 2 z. Tscheu-li, ist am Reservoir, Sui ist ein kleiner Canal, der die Gewässer am Anfange des Feldes aufnimmt. Es gibt dann,
Ablässe, das Wasser in die Felder fliessen zu lassen und am unteren
Theile des Feldes einen grossen Abzugskanal, dass das Wasser wieder
abfliessen kann). Der Tscheu-li 16, 17 sagt: Sie setzen die Gewässer in Bewegung durch den oberen Canal (Keu), vertheilen sie durch die Gräben
(Sui), lassen sie dort mittelst der Abzugsgräben verweilen und dann durch
den untern Canal wieder abfliessen. Sie gehen dann in das Wasser,
nehmen die abgeschnittenen (alten Stengel) weg und bereiten das Feld
zu. Um die Teiche zu besäen, vernichten sie im Sommer durch das
Wasser die Pflanzen, schneiden sie ab, reissen sie aus (und besäen nach
Schol. 2 sie dann im folgenden Jahre). An den Orten, wo Pflanzen in
den Sümpfen wachsen, säen sie Korn (Reis). Bei einer Dürre präsentiren
sie, was zu den öffentlichen Gebeten um Regen nöthig ist. (Im 1. Herbstmonate), sagt der Li-ki C. Yuei-ling 6 f. 73 (p. 29), bringt der Landmann die Feldfrüchte ein. Der Kaiser kostet das neue (Korn) und bringt
es zuerst im Ahnentempel dar und befiehlt dann den 100 Beamten die
Einsammlung zu beginnen. Nach f. 76 befiehlt er (im 2. Herbstmonate)
den Beamten (yeu-sse), sich zu beeilen, dass das Volk es einsammle mit
Anstrengung, (wenn das Korn nicht ausreicht) auch andere Gewächse
(tshai), damit recht viel eingehe und ermahnt es den Waitzen gleich
wieder zu säen. Dass keiner die rechte Zeit versäume! Wer die Zeit
versäume, begehe ohne Zweifel ein Verbrechen. vgl. auch f. 84 (p. 31)
f. 88 v. sq.

Die Vorstände der Saaten (Sse-kia) haben nach Tscheu-li B. 16
f. 49 die Aufsicht über die Saaten der Felder; unterscheiden die zeitig
und spät gedeihen, kennen alle ihre Namen und welcher Boden den
Einzelnen zusagt. Sie machen darüber Tabellen und stellen sie in den
Landabtheilungen aus. Sie besuchen die Ländereien und prüfen die
Saaten, constatiren das gute und schlechte Produkt des Jahres und
entnehmen daraus das Reglement für die Erhebung der Abgaben (an

---

1) Jetzt hat man Brunnen, das Wasser emporzuheben, um ein Feld zu bewässern s. Poussielgue p. 305.

136

welchen man nach Schol. 2 nachliess, wenn die Erndte bei einer Dürre
oder Ueberschwemmung schlecht war. Wenn der gewöhnliche Ertrag
10 war und davon 2—3 Theile abgiengen, nahm man unter den Han
den Rest als Totalprodukt und erhob nur von der Hälfte die Abgabe).
Diese Beamten gleichen auch die Consumption des Volkes aus, kommen
bei einem Bedürfnisse ihm zu Hilfe und regeln sein Auskommen. Nach
B. 16 f. 42 fg. brachten die Kornspeicherleute (Lin-jin) die 9 Arten
Korn in Rechnung, um bei Vertheilungen und Gratifikationen des Staates
aushelfen zu können. Nach dem jährlichen Ertrage berechneten sie die
Ressourcen des Staates, um zu wissen, ob sie genügend sind oder nicht,
der Regierung die Verwendung des Korns anzuzeigen und nach dem
guten oder schlechten Ertrage des Jahres zu verfahren.

Für Kornmagazine, Vorrathshäuser giebt es viele Ausdrücke,
deren Unterschied oft schwer anzugeben ist. Der deutlichste Character ist
Khiün, aus Cl. 31 Behälter und Cl. 115 Korn im Schi-King I, 9, 6: wenn
du deinen Acker weniger bebauest, nicht einärndtest, wie kannst du da
300 Khiün voll haben? Der Khao-kung-ki B. 43 f. 50 (42 f. 8 v.[1]) hat
diese und daneben Kiao und Tshang. Der Schol. sagt: wenn es über
der Erde und viereckig ist, heisst es Tshang, wenn rund Khiün, wenn
in der Erde eingegraben (ein Silo) Kiao. Schi-king II, 6, 7 hat noch
neben Tshang: Yü; s. die ganze Stelle S. 139. Im Lün-iü VI, 3, 1 ist
Yü aber ein Kornmass (von 120 Pinten). Der gewöhnlichste Ausdruck
ist Lin, aus Cl. 53 ein Obdach, Ueberhang und der Gruppe pin, Korn
? empfangen, häufig mit Tshang, so bei Meng-tseu, z. B. I, 2, 12, 2: des
Fürsten Kornmagazine (Tshang-lin) sind gefüllt, das arme Volk verhungert
u. s.; V, 1, 2, 3 erwähnte Schün's Lin. Davon Lin-jin V, 2, 6, 5; er
sendet da dem Weisen von Fürstenswegen Reis (so). Andere Ausdrücke
Thün, Tschuen und Kio finde ich ohne Beleg, nur im Schue-wen u. s.
Nach Tscheu-li 16, f. 43 rechnete man (monatlich) auf den Verbrauch des Volkes in guten Jahren für das Individuum 4 Fu, in mittleren 3, in schlechten 2.
Wenn die Consumption diese unterste Ziffer nicht erreichte, dann befahlen sie
die Bevölkerung des Reiches zu versetzen, in den Cantons wo Vorrath war,
Korn zu nehmen und erinnerten den Souverain, die Staatsausgaben zu

---

[1] Die erste Zahl ist immer nach der kaiserlichen Ausgabe des Tscheu-li, die Biot benutzt
hat, die zweite nach der der Staatsbibliothek.

beschränken. In den Jahren, wo eine Hungersnoth war, heisst es Tscheu-li IV f. 20, hat der Kaiser keine volle Mahlzeit. (Der Proviant wurde monatlich ausgetheilt, wie noch jetzt.) Ein Fu war nach Schol. 2, $6^4/_{10}$ Schäffel; nach dem Khao-kung ki B. 41 f. 27 war er ein Fuss tief, bei 1 Fuss Quadrat inwendig, aussen rund. (Der alte Fuss hielt 0,625 vom jetzigen, der Fu $^{977}/_{1000}$ Schäffel. Der Mann erhielt also in schlechten Jahren, 0,06, in mittleren 0,10, in guten 0,13 Schäffel täglich n. Schol. zu 16, 43).

Der Li-ki im C. Wang-tschi V f. 13 v. sagt: Der Tschung-tsai, des Reiches Bedarf zu regeln, richtet sich dabei nach des Jahres Geringe (miao). Wenn die 5 Früchte alle eingegangen sind, dann regelt er des Reiches Bedarf, den Bedarf nach des Landes Kleine oder Grösse. Er sieht dabei auf des Jahres vollen oder geringen Ertrag. Nach einem Durchschnitte von 30 Jahren regelt er des Reiches Bedarf und ermisst nach dem Eingange (Ji) seinen Ausgang (seine Ausgabe, tschü) — — und 14 v. sagt: Hat das Reich nicht Vorrath (Tschho) für 9 Jahre, so sagt man: es ist nicht genug (pu tsu); hat es nicht Vorrath für 6 Jahre, so ist es in Verlegenheit (ki); hat es nicht Vorrath auf 3 Jahre, so ist es nicht sein (gehöriges) Reich (fei khi kue ye). Wenn man 3 Jahre (gehörig) pflügt, hat man sicher für 1 Jahr Speise (übrig); pflügt man 9 Jahre, so hat man sicher Speise für 3 Jahre; beim Durchschnitte von 30 Jahren wird, wenn dann auch ein Unglück, eine Dürre oder Ueberschwemmung eintritt (hiung, han, schui i), das Volk doch kein krankhaftes Aussehen (Tsai-se) haben; der Kaiser isst (seine volle Mahlzeit) und hat dazu (Tisch)musik.

Der Gärtner heisst bei Meng-tseu VI, 1, 14, 3 Tschang-sse: Da ist ein Gärtner, er vernachlässigt die Bäume Wu und Kia und zieht saure Datteln (Eul und Ki), das ist ein armseliger Gärtner (der Wu soll der Thung sein, der Hia der Tse). Der Tscheu-li 16 fol. 41, (18) erwähnt der Gärtner (Tschhang-jin), die den Obst- (tschhang) und Gemüse-Gärten (Pu) des Staates vorstehen; sie pflanzen die Kernfrüchte (wie Pflaumen) und die ohne Kern (wie Melonen, Kürbisse) und die seltenen und kostbaren Früchte. (Der Schol. 2 meint die Trauben (Pu-tao) und die Pi-pa (mespilus japonica); Biot aber bemerkt, dass der Wein erst durch Tschang-kien 130 v. Chr. aus Centralasien in China eingeführt wurde.)

Ausserhalb des grossen Thales im Westen, in Schen-si und im

Osten, dem Berge Thai zu, waren grosse Wälder. Kung-lieu und Tan-fu machten jenes Land urbar nach Schi-king III, 1, 3, und 2, 6; die Einwohner vom Lu bezogen vom Thai. ihr Bauholz nach Schi-king IV, 2, 4. Meng-tseu I, 1, 7, 10 und VI, 1, 18, 1 erwähnt die Wagenladungen voll Brennholz (Sin), der Schi-king I, 9, 6, die Holzhauer, die beim Tone Kan-kan ihr Holz fällen. Ueber die Waldwirthschaft gibt der Tscheu-li noch einige Nachrichten. 16 f. 23 (10 v.) heisst es, die Berginspektoren (Schan-yü) verwalten die Wälder auf den Bergen, bestimmen ihre reservirten Arten und erlassen die Verbote zur Erhaltung der Wälder (das Volk theilte in alter Zeit nach dem Schol. mit den Fürsten den Ertrag der Berge, Wälder und Gewässer; aber dies musste zweckmässig beschränkt werden). In der Mitte des Winters (nach dem Jahre der Tscheu, d. i. in unserem Frühlinge vom 21. März bis 21. Juni) fället man die Bäume des Südens (an der Südseite des Gebirges); in der Mitte des Sommers (d. i. in unserem Herbste 21. Sept. — 21. Dezbr.) die des Nordens. Zu den Wagengestellen und Handhaben der Karren schlägt man junges Holz und bringt es in der gehörigen Jahreszeit in die Magazine. Sie bestimmen die Zeit, wann das Volk Holz fällen darf; eine bestimmte Anzahl Tage war dazu festgesetzt. (Nach Li-ki C. 5 Wang-tschi wenn die Bäume ihre Blätter abwerfen, im November (im 10. Monate der Hia). Der Li-ki im C. Yuei-ling 6 f. 68 sagt (im 3. Sommermonate) ist das Holz voll-reif (fang sching); man befiehlt dem Yü-jin in die Berge zu gehen, die Bäume zu besorgen (hing mo), es darf keins (noch) gehauen werden (tschhan-fa). Nach f. 89 fället man (im 2. Wintermonate), wenn der Tag am Kürzesten ist die Bäume und nimmt die Bambu zu Pfeilen. Die Handwerker im Dienste des Staats konnten nach dem Tscheu-li in die Staatswälder gehen und sich das Holz auswählen, ohne dass ein Verbot sie hinderte. Wenn (das Volk) im Frühlinge oder Herbste Holz fället (zu Särgen), dürfen die verbotenen Plätze nicht betreten werden. Die Holz stehlen, trifft Strafe und Züchtigung. Die Wälder am Fusse der Berge bewachten nach fol. 27 (12 v.) die Waldinspektoren (Lin-heng) und legten zu Zeiten Rechnung ab über den Holzbestand; zum Holzfällen erhalten sie Anweisungen von den Berginspektoren.

Wir haben die gesetzlichen Bestimmungen was den Ackerbau und den Landmann betrifft, zunächst mitgetheilt; einen kleinen Einblick in das Leben und Treiben des Landmanns gewähren noch mehrere Lieder des Schi-king. II, 6, 6 heisst es: den Berg Nan-schan hat Yü schon bebaut (tien); die Aecker in der Ebene und am Abhange (yün-yün yuen si) sind da durch die Anstrengungen des Tseng-sün. Ich bestimme die Grenzen der Aecker, lege Canäle an im Süden und Osten der Felder. Der Himmel bewölkt sich, der Regen und Schnee, der fällt, macht unsere Felder fruchtbar — — — es gedeihen meine 100 Feldfrüchte — — Schu und Tsi; der Tseng-sün ärndtet sie, daraus bereitet er Wein und Speisen, die ich dem Repräsentanten - des - Todten (Schi) und erlauchten Gästen darbringe; so wird das Leben verlängert. Mitten im Felde steht die Hütte (lu); an den Grenzen der Felder giebt es Kürbisse; sie werden geschält (ho) und eingemacht und dem Ahnen (hoang-tsu) dargebracht; so erlangen die Enkel (Tseng-sün) ein langes Leben und Glück vom Himmel. Man bringt auch reinen Wein zum Opfer dar; rothe Opferstiere werden dem Ahn (tsu-khao) geopfert, — — — das Opfer ist glänzend, wir ehren unsern frühern Ahn (sien-tsu) und erlangen dafür Glück und langes Leben. II, 6, 7 heisst es: wie schmuck ist dieser grosse Acker! im Jahre erhält man davon 10,000 (den Ertrag von soviel Mu). Ich nehme seinen Ertrag (Ueberschuss) und ernähre davon meine Ackerleute; von früher habe ich (noch) einen Jahr(ertrag). Jetzt gehe ich zu den Südfeldern. Einige krauten da (Yün), andere häufeln (das junge Korn, Tseu). (Die Hirsearten) Tsi und Schu gedeihen schön; die Saat ist reich; das beruhigt mich, ich erleichtere unsern wackern Streiter (unsere Landleute, mao-sse). Unsere Saaten stehen prächtig; unsere Opferstiere und Schaafe sind zu den Opfern Sche und Fang (vorräthig); unsere Felder sind in gutem Zustande (Tsang). Das ist des Landmannes Glück; wir spielen die Laute und Zither (Kin und Se) und schlagen die Hand-Trommeln, um zu danken des Feldes Ahn, um zu erflehen süssen Regen, zu unterstützen (das Wachsen) unserer (Hirse) Tsi und Schu, dass Korn (haben) unsere Männer und Frauen. Der Tseng-sün kommt mit seiner Frau und den Kindern (Sohn), Speisen zu bringen auf diese Südfelder, der Feldvorstand (Tien-tsiün) kommt erfreut und nimmt (die Speisen) links und rechts, zu sehen (kosten) ob sie schmackhaft sind oder nicht. Das Korn ist auf allen Feldern gross und gut, der Tseng-sün zürnt nicht und die Landleute arbeiten desto fleissiger. Des Tseng-sün's Saaten sind wie Dachstroh (Tse), wie (die Hirse) Leang, des Tseng-sün's Speicher (Yü) sind (aufgehäuft) wie eine Flussbank (Ti), wie ein Hügel (King), so dass er suchen muss Kornmagazine (Tshang) bei Tausenden und Wagen (al. Behälter, Siang) bei Zehntausenden; (die Kornarten) Schu und Tsi, Tao und Leang sind des Landmannes Wohlthat; es bringt ihnen Glück und langes Leben (10,000 Jahre) ohne Ende.

II, 6, 8 heisst es: ein grosses Feld bedarf vielen Anbaues (Kia, maritare). Nachdem es besäet (tschung), nachdem es gehütet, richte ich mich zur Arbeit, mit meiner scharfen Pflugschar (Yen-se) gehe ich auf das Südfeld und säe die hundertlei Früchte (Pe-ko). Nachdem sie aufgegangen und gross sind, freut sich der Tseng-sün, die Saaten bekommen Kelche (Fang) und (?) Aehren; sie werden reif (stark) und gut; man sieht kein Unkraut, (Loich, Lang-yeu); entfernt (Kiü) (die Insekten) Ming (welches den Saamen annagt), Te (welches die zarten Blätter frisst), und auch die Mao (welches die Wurzeln benagt) und Tse (welches die Schösslinge frisst), dass sie unserer Felder jungem Korn (tschi) nicht schaden. Des Feldes Ahn (Schutzgeist, tien-tsu), wenn ein (solcher) Geist ist (yeu schin), verzehre durch Feuer sie! Es sammeln sich Wolken (yen), der Regen fällt reichlich; er nässt unser Staatsfeld (Kung-tien) und erreicht dann auch mein Privatfeld (Sse). (Zur Saatzeit) gibt es nicht mitabgemähte (pu hoe), junge (späte) Aehren (tschi), gibt es nicht eingesammelte Korngarben (Bündel, Tse), es gibt fallengelassene Handvoll Korn (wei ping), vernachlässigte Aehren (sui); die sind zum Nutzen der (für die) Wittwen (kua-fu). Der Tseng-sün kommt mit Frau und Kindern und bringt das Essen auf die Süd-Felder; der Tien-tsiün kommt und freut sich, er kommt den (Geistern der 4) Weltgegenden Opfer darzubringen, rothes und schwarzes, (Vieh), Schu und Tsi zu (den Opfern) Hiang und Sse, um dadurch grosses Glück zu erlangen.

IV, 1, 3, 5, heisst es: Kräuter werden gemäht (san), Bäume umgehauen (tso), das Feld neu beackert (keng schi-schi), tausend Paare krauten (tsien ngeu khi yün), vorgehend zu den Niederungen (si, Reisfeldern), vorgehend bis zu den Landmarken (Feldwegen, Tschin). Der fürstliche Herr (Heu-tschü), sein erstgeborne Sohn (heu-pe), sein zweiter Sohn (heu-ya) und die übrige Menge (heu liü) derselben (sind anwesend), die Arbeiter desselben (Heu-kiang), seine Gehilfen verzehren ihre Speise lärmend. (Anwesend, ist) auch seine folgsame Hausfrau, sie hat zur Stütze ihren Mann (Sse). Man schärft (Lio) seine Pflugschar (Sse) und beginnt die Arbeit (Scho) auf dem Südfelde. Man säet seine 100 Früchte, die Samen in der Hülse (Han) werden lebendig, sie treiben (Y-y, eigentlich laufen wie Postpferde), dringen hervor, — — Ueppig, üppig stehen seine Saaten (Gräser, Miao), fein fein (Miao) seine Kräuter (Piao). Der Mäher ist eine Menge; die Frucht gibt aufgehäuft (Tsi) 10,000 (Wan) und 100,000 (J) Maass. Man macht (aus dem Korne die geistigen Getränke) Tsieu und Li, sie darzubringen den Ahnen und der Ahnenmutter (Tsu-pi), um zu genügen (Hia) den 100 Gebräuchen (Pe-li), zu haben duftende Speisen (Pi khi hiang) zu des Lehnes (Pang) und Hauses (Kia) Glanz. Wir haben Tsiao (gepfefferten Wein), der süss duftet, um zu erquicken das Alter. Nicht diese (unsere Gegend) allein hat das (die fruchtbaren Saaten), nicht jetzt blos ist es so, seit alter Zeit ist es wie jetzt.

IV, 1, 3, 6 heisst es: Schärfet die gute Pflugschar, beginnt mit dem Südfelde. Er säet seine 100lei Früchte (Samen), die Samen in der Hülse werden lebendig (wie oben im vorigen Liede). Einige kommen, dich zu besuchen; sie haben bei sich viereckige und runde Körbe; sie bringen die Speise (Schang) und Hirse (Schu). Ihr Hut ist aus Bambu geflochten (li). Mit ihrer Hacke (Po) graben sie (Thiao), auszureissen (Hao) (die Unkräuter) Tu und Liao. Nachdem die verfault (hieu), gedeiht (die Hirse) Schu und Tsi. Beim Mähen (Hoe) (tönt es) tschi-tschi. Man sammelt Korn in Aehren (li li), hoch wie eine Erdmauer, ähnlich einem Kamme (tsi). Es öffnet (theilt sich die zahlreiche Familie) in 100 Häuser; 100 Häuser füllt sie aus. Frau und Kinder leben ruhig. Man schlachtet zur rechten Zeit den gelben Ochsen mit schwarzer Schnauze (jün meu) und krummen Hörnern, zu gleichen der Ueberlieferung, (dem Verbande, So), der Ueberlieferung der Männer des Alterthums.

Man sieht aus diesen Liedern das thätige, häusliche Leben des vornehmen Landmannes, der nach den Mühen der Feldarbeit, an der Frau und Kinder Theil nehmen, dann zu Hause sich dafür gütlich thut und dabei der Ahnen, nach der frommen Sitte der Vorfahren, und des Schutzgeistes des Feldes auch nicht vergisst. Die Aufseher fehlen auch nicht; grosse Wirthschaften werden dabei vorausgesetzt.

Schi-king I, 15, 1, aus dem kleinen Reiche Pin, (im Si-ngan-fu in Schen-si) von Tscheu-kung (1079 v. Chr.) schildert den Lebenskreis des Ackerbauers im Jahreswechsel jener Zeit. Im 7. Monate[1]) geht der Feuer(stern), Ho-(sing): d. i. das Herz des Scorpion) im W. unter; im 9. M. gibt man Kleider (gegen die Kälte); im 1. wehen am Tage Winde, im 2. wüthet am Tage die Kälte. Ohne Kleider, ohne Umwurf, wie könnten wir da leben (die Jahre beenden?) Im 3. Monate wird die Pflugschaar (Sse) in Ordnung gebracht, im 4. geht der Landbau eifrig vor sich. (Der Pflug durchschneidet den Boden.) Ich gehe mit Frau und Söhnen an die Meu im Süden, (den Ackernden Nahrung zu bringen). Der Tien-tsiün (der Vorstand des Ackerbaus) kommt und freut sich.

Im 7. M. geht der Feuer(stern im Westen) unter, im 9. gibt man Kleider (wie oben); im Frühlinge glänzt die Sonne neu; es singt der Vogel Tsang-keng. Das Mädchen nimmt den Korb (Khuang) und geht durch die Wege, weiche (zarte) Maulbeerblätter zu holen. Im Frühlinge werden die Tage länger und länger, in Schaaren sammelt sie die Pflanze Fan. Da der Fürstensohn alsbald kommen wird (sie heimzuführen), ist das Mädchen bekümmert, dass sie die Eltern verlassen soll.

Im 7. M. geht der Feuer(stern im W.) unter, im 8. M. schneidet man Rohr (huan wei). In dem M. der Seidenwürmer (wo die gefüttert werden), pflückt man das Laub der Maulbeerbäume. Man nimmt die Axt, die Aeste, die zu hoch wuchsen, werden abgehauen (die zarten Zweige verschont man), die Frau pflückt nur die Blätter. Im 7. M. beginnt der Vogel Ki zu singen; im

---

1) Nach la Charme läge hier der Kalender der 1. D. Hia zu Grunde, während Biot p. 570 den der 3. D. Tscheu annimmt. Das Liedchen folgt nicht der Ordnung der Monate.

8. geht die Arbeit vor sich; man färbt mit schwarzer und gelber Farbe. Roth, die glänzendste Farbe, ist für die Untergewänder des Fürsten.

Im 4. M. schiesst die Yao (der Lolch) in Saamen (oder blüht); im 5. singt die Cicade; im 8. mäht man die Saaten; im 10. fallen die Blätter (Tho). An den Tagen des ersten jagt man den Ho (eine Art Wolf). Aus dem Felle des gefangenen Fuchses (Hu-li) werden dem Fürsten Pelz-Kleider gemacht. An den Tagen des 2. üben sich die Soldaten bei Treibjagden. Die einjährigen wilden Schweine (Tsung) behalten sie für sich, die 3jährigen (Kien) bringen sie den Fürsten dar.

Im 5. M. lärmt der Tschong (eine Art Heuschrecke) mit Bewegen der Beine; im 6. M. breitet der Scha-ki (eine Heuschrecke) ihre Flügel aus; im 7. M. ist sie im Felde, im 8. M. unter dem Dache draussen; im 9. M. im Hause; im 10. M. kommt die Grille unter mein Bett. Die Ritzen (und Löcher) im Hause werden zugemacht; die Mäuse durch Räucherungen vertrieben; was offen ist, wird verschlossen, die Thür (nach Norden) mit Lehm verschmiert. Wohlan Frau und Kinder, sagt der Hausvater, der Jahreswechsel steht bevor, ich komme nach Hause.

Im 6. M. essen wir die Früchte Yu (eine Art sauere Kirsche) und Tu (roth und süss), im 7. gekochte Malven und Hülsenfrüchte; im 8. M. werden die Zizyphus vom Baume herabgeschlagen, im 10. erndet man Reis (Tao), und macht daraus im Frühlinge Wein, um beizustehen den Greisen; im 7. M. essen wir Kürbisse, im 8. M. schneiden wir daraus Weingefässe (Hu); im 9. M. sammeln wir (?) Ricinus und pflücken (?) wilden Lattich, verbrennen die trockenen Hölzer und nähren unsere Feldbauer.

Im 9. M. bereiten wir im Garten eine Tenne (zum Dreschen); im 10. M. bringen wir ein Schu und Tsi, (2 Arten von Hirse), das lange reife Korn, Hanf, Erbsen und Waitzen. Unsere Landbauer, nachdem sie den Landbau auf's Beste besorgt haben, kommen nach Hause und widmen sich unverdrossen häuslichen Arbeiten. Der eine schneidet wilde Gräser, der andere flicht Nachts Stricke; der besteigt (den Gipfel des) Hauses, (es auszubessern) und der beginnt dann wieder zu säen die 100 Früchte.

Im 2. M. haut man Eis (vom Berge), (es tönt) Tschung-tschung, im 3. verwahrt man es an einem schattigen Orte in einer Eis-Grube (Ling-yn); im 4. M. bringt man Morgens ein schwarzes Schaaf dar und opfert Kieu (eine Art Lauch); im 9. M. fällt starker Reif; im 10. M. wird die Tenne gekehrt, den Freunden reicht man Wein, ein junges Schaaf wird geschlachtet; man eilt zum Palast des Fürsten, hebt den Becher aus Rhinoceros- (oder Büffel-)horn empor und (wünscht sich gegenseitig) 10,000 Jahre (ein langes Leben ohne Ende).

Des 11. und 12. Mts. wird gar nicht gedacht.

Der kleine Kalender der Hia (Hia siao tsching).

Eine weitere Einsicht in die Natur- und Ackerbauverhältnisse des alten China gewährt der kleine Kalender der Hia im Ta thai Li-ki K. 2 Ti 47, in d. Sammlung Han Wei thsung schu I, 11, auch in der Samml. Sse-schi-eul tschung pi schu und auch im J-sse B. 153 Yuei-ling f. 1—8. Die verschiedenen Texte zeigen manche Varianten, namentlich in den Thierangaben, die wir ohne chinesische Typen hier nicht erörtern können; die Deutung dieser ist auch vielfach abweichend. Biot Nouv. Journ. As. 1840 S. III T. X p. 551—560 hat ihn übersetzt. Er soll im 6. Jahrhunderte nach Chr. im Grabe des Confucius gefunden worden sein. Nach Einigen wäre Confucius der Ver-fasser, nach Andern stammt er aus der Zeit der Hia 2400—1700 v. Chr. Er zeigt die Folge der Arbeiten des Landmanns und die Naturphänomene in den 12 Monaten des Jahres. Biot p. 561—568 gibt noch eine Auseinandersetzung der Jahreszeiten aus dem Tscheu-schu § 52, in der Sammlung Han Wei thsung schu I, 6, auch im J-sse B. 153 f. 4—6, vergl. mit Li-ki Cap. 6 Yuei-ling, welches dieselben Naturphänomene, aber blos diese, und die etwas ausführlicher und die Vorbedeutungen, die man daran knüpfte, enthält, sowie Auszüge aus dem obigen Liedchen des Schi-king I, 15, 1.

1. Frühlingsmonat[1]). Die Würmer fangen an sich zu bewegen. Die wilde Gans kehrt

---

1) Tsching-yuei, d. i zur Zeit der Hia der Monat, der der Frühlings Tag- u. Nachtgleiche vorausging.

142

(in ihre Wohnung) nach Norden zurück, der Fasan schlägt mit den Flügeln und kräht. Die Fische steigen auf und heben die Eis(decke), der Landmann befestigt (die Stücke (seines Pfluges) und weihet diesen am Anfange des Jahres; er beginnt sich seiner für den langen (Feldzug) (tschhang) zu bedienen. Im Garten muss man nach den Lauch (Kieu) sehen. Es gibt heftige Winde (tsiün), kalte Tage, (Wechsel des Wetters), Fröste, Trockene (thi thung) und Nässe (thu, Koth). Die Feldmäuse kommen (aus ihren Löchern). Die Aufseher des Ackerbau's (Nung-so) vertheilen gleichmässig die Felder (Kiün tien). Der Ta (die Fischotter) opfert den Fisch; der Habicht (Yng) wird zur Turteltaube (Kieu) (man muss daher diese schädlichen Thiere jetzt tödten). Die Feldarbeiten werden durch Schnee-(Schmelze) u. Nässe gestört. Fangt an, euch mit dem Staatsfelde zu beschäftigen. Pflücket die Pflanze Yun (eine Küchenpflanze). Man sieht jetzt (das Sternbild) Kie (wohl Kio, α der Jungfrau). Anfangs des Abends (steht das Sternbild) Tsan (δ. im Orion) im Meridian; der Stiel des Schäffels (der Deichsel des Wagen, $\epsilon\zeta\eta$ im grossen Bären) hängt herab. Die Weiden werfen ihre Kätzchen (ti) ab. Die Pflaumen (mei), Aprikosen (hing) und die Pfirschenbäume (thao) blühen. Man webt weisse Seidenzeuge. Die Hühner brüten oder nach einer andern Auslegung fressen zusammen.

2. Monat. Man bedeckt die Hirse Schu (holcus sorgho oder nach Rémusat milium globosum) mit Erde. Man ebnet die Erde (schen) zum Opfer. Es beginnen die grössern Lämmer (tshiun kao) ihren Müttern ihre Ernährung zu erleichtern, (sie saugen nicht mehr). Viele Mädchen und Knaben trösten sich des Ting-hai, (indem an diesem glücklichen Tage viele heirathen). Man führt den Tanz Wan auf und geht in die Schule. Man opfert den Wei (der der Zeit erscheint; nach Rémusat eine Art scombre (Fisch). Es blüht (das Gemüse) Kin; man pflückt (den) Fan (nach La Charme eine Art wilden Ahsynths, mit dessen Blätter man die Seidenwürmer futterte, da die des Maulbeerbaumes noch nicht getrieben haben). Alle kleinen (Seiden?)-Würmer, (?) fangen an zu laufen (tschi khi). Kommt und steigt herab ihr Schwalben; man sieht sie seitwärts (ti). Man zieht die Haut ab (po) dem ? Aal (tho aus den Seen, um aus dessen Fell Trommeln zu machen). Es giebt (man hört) den Gesang des Vogels Tsang-keng (Man meint die Goldammer). (Um diese Zeit) ist die Vegetation) kräftig; man muss die Nahrungspflanzen Ti, (die sprossen), aufsuchen und zu pflücken anfangen[1]).

3. Monat. (Das Sternbild) Tsan verbirgt[2]) sich. Beschäftigt euch mit den Maulbeerbäumen. Die Weide treibt (trägt) üppig (Wei yang). Die Schaafe (wei) jagen einander (gehen auf das Feld). Das Heimchen (ho) schreiet. Vertheilt das Eis (des Ta-fu Getränk zu kühlen); pflücket die Pflanze Tschy. Die Neben-Frau und die Tochter beginnen die Seidenzucht, sie nehmen, futtern sie und besorgen ihr Haus. Betet (khi), dass der Waitzen Frucht trage; denn (in dieser Zeit) gibt es wohl eine kleine Dürre. Die Feldmäuse (Tien-schu) verwandeln sich in Wachteln (ju, wie man noch in China glaubt). Man pflückt die Blüthen pha (des Baumes) Thung (der eine Art Oel gibt, wohl um grössere Früchte zu erzielen). Es singt die Turteltaube (kien).

4. Sommer-Monat. Da sieht man (das Gestirn) Mao (die Plejaden) und bei Abendanfange (die Gruppe) Nan-men (das Süd-Thor, wohl α und β im Centaur). Es singt der Tscha, (ein Vogel, nach Biot eine Art Grille). Im Garten (yeu) sieht man nach den Aprikosenbaum. Es singt der Yu[3]). Der grosse Kürbiss (Wang-fu) blüht. Nehmt (sammelt) die bittere-wilde-Cichorie (Tu). Der Lolch (wächst) im Verborgenen. Es herrscht (zu Zeiten) grosse Dürre. Man nimmt die 2jährigen Pferde (keu), um sie zuzureiten.

5. Monat. Jetzt sieht man (das Gestirn) Tsan (Morgens). (Auf dem ? Wasser) schwim-

---

1) So Biot und zum Theil der Text des J-sse, ganz verschieden der Ta thai Li-ki: yung yün, tsai khi, es blüht das Unkraut, man pflückt das bittere Gemüse Khi.

2) So der J-sse und Biot; der Ta thai Li-ki hat noch: tschu ho, tsçhu ho, mir unverständlich.

3) So Biot; der J-sse: J, al. kue, der ? Frosch.

men viele Ephemeren (feu-yeu, nach Mdh. aleochara oder tumble dung). Es singt der Vogel[1]
Ku. Es sind die langen Tage. Man hat die (frühreife Melone) Ku. Die Lang-tiao schreien;
sie erwachen von ihrem (?) Schlaf. Am 5. Tage vereinigen (paaren) sie sich; beim Vollmonde verschwinden sie. Schneidet (die besondere Art) Indigo (Lan-leao), die im vollen Wachsen ist.
Die Turteltaube wird zum Habichte (abweichend Biot). Die Baumgrille (Tang-tiao) singt. Bei
Abends Anfang ist (das Sternbild) Ta-ho da (das grosse Feuer, d. i. Antares α im Scorpion)
im Meridian (tschung). Man säet Hirse, Scho (pulse) und schwarze Hirse (me[2]). Man opfert (liao)
Pflaumen (mei), sammelt (die Pflanze) Lan, erndtet Hülsenfrüchte (scho und ? rothes[3]) Korn. Man
sondert die Pferde aus (für den Dienst des Ta-fu).

 6. Monat. Bei Abends Anfang ist der Stiel des Scheffels gerade oben am Himmel. Man
opfert Pfirschen; der Raubvogel beginnt seine Verheerungen (yng schi tschi).

 7. Monat. Blüthe und Wachsthum der (Pflanze) Kuan (mit weissem Safte) und der grossen Rohre (wei). Der Fuchs beginnt sich zu nähern (den Wohnungen). Die Feuchte und das
verbreitete Wasser erzeugen die Wasserpflanze (ping). Reinigt (schoang, kläret) und vertilgt (die
schädlichen Gewächse (ping und yeu). Der Han (die Milchstrasse) ist am Rande der Pforte (ngan
hu). Die Cicade (tschen) der Kälte singt. Bei Abends Anfange steht (das Sternbild) die Spin-
nerinn (Tschi-niu, α und die beiden nächsten Sterne in der Leyer) rechts im Osten. Wenn der Stiel
des Schäffels herab hängt, ist Morgen-Dämmerung. Es gibt in dieser Zeit häufige (3tägige) Regen
und die schlechten Kräuter schiessen in Menge auf (huan tu).

 8. Monat. Schneidet die Kürbisse (ku). (Ihre Farbe ist) schwärzlich oder grünlich (Der
Ausdruck Kiao ist dunkel). Schneidet die chin. Datteln (tsao, canarium). Die Castanien fallen
(regnen) herab (li ling). Der rothe Vogel (Tan-lang) frisst die weissen Vögel (Mücken). (Das
Sternbild) Schin (der Scorpion oder wahrscheinlicher die Aehre der Jungfrau) geht (Abends) unter.
Die männlichen Hirsche folgen den Menschen, (kommen in Trupps). Die Wachtel (iu) wird zur
Maus. Wenn (das Sternbild) Tsan (δ im Orion) im Meridian steht, ist Morgen.

 9. Monat. Das grosse Feuer (Ta-ho, d. i. die Gruppe Antares) ist drinnen (in der Sonne[4]).
Von ferne kommen die wilden Gänse (hung yen) an. Der Tschu-fu trägt das Feuer hinaus (er-
laubt den Gebrauch des Feuers). Steiget schwarze (dunkelblaue) Vögel (Schwalben) empor und ?
bergt euch (tschi; sie ziehen weg). Die 2 Arten Bären (hiung u. pe), 2 Arten Füchse (me u. ho) und
das Murmelthier (yeu seng[5]) graben sich Löcher. Säet in Menge Waitzen (me[6]). Der Kaiser
beginnt (die Vertheilung) der Pelzkleider. (Die Sterngruppe) Tschin tritt in die Sonne, die
Sperlinge (Tsio) gehen in das grosse Wasser (Meer) und werden zu runden Austern (ko).

---

1) Nach Biot der asiatische Kukuk; nach dem Schol. 2 kommt er beim Sommersolstiz und
 geht beim Wintersolstiz wieder fort. Sein Name komme vom Geschrei Kukuk her; er
 heisst auch Pe-lao. Auch der Li-ki im Cap. Yuei-ling 6 setzt ihn in den 5. Monat. Die ja-
 panische Encyclopädie setzt seine Ankunft in den 4. Monat und europäische Reisende
 sagen, dass er den 10. Juni im östlichen Asien ankomme. Der Text sagt aber auch nur: er
 singt, nicht dass er zu singen beginne. Wenn Schi-king I, 15, 1 ihn im 7. Monate singen
 lässt, so ist dies nach dem Kalender der Tscheu, wo das Jahr 2 Monat später begann.
 Der J-sse hat den Character Kiue. Man findet aber auch die Var. Ki, nach Medhurst
 shrike or butcher bird.
2) Fehlt bei Biot und im J-sse.
3) So Biot und der J-sse; andere abweichend.
4) So Biot. Der Text hat nur nui ho, inwendig das Feuer; Schol. sagt: (man sieht) das Herz
 (Innere) des Ta-ho.
5) Nach Medhurst beides Wiesel; statt seng hat eine Var.: Sse, nach Mdh. auch Wiesel.
6) Biot Hirse. Im J-sse fehlen die 2 letzten Wörter; yung-kio vorher sind dunkel.

144

10. Monat. Der Wolf (tschay) opfert das Wild. Zu Abends Anfange (erscheint das Sternbild) Nan-men (die Südpforte, *α* und *β* im Centaur[1]) Der schwarze Vogel (Rabe) spielt (in den Lüften) (yo, sonst baden). In der Zeit sind die langen Nächte. Der Fasan geht in die Flüsse (den Hoai) und wird zu einer grossen Auster (schin). Wenn das Gestirn die Spinnerin rechts im N. steht, ist Morgen.

11. Monat. Der Kaiser geht auf die Jagd. Er ordnet die Bogen-Sehnen und Felle (kin ke, Biot: untersucht die Waffen). Die Beamten (?) für den innern Palastdienst, se jin) folgen ihm nicht. Es fallen ab (yün) dem Hirsche (mi) seine Hörner (kio, Geweihe).

12. Monat. Der Yuen (Mdh. sparrow hawk) schreit Y-y. Die schwarzen Thiere die (Ameisen) (Yeu keu) verschwinden [etwas spät]. Man nimmt (isst) den Knoblauch (luan suan). Der Parkaufseher (yü-jin) geht nach dem Ort, wo die Netze liegen und untersucht ihren Zustand. Die Hühner fangen an zu ? legen (ju[2]).

Dieser Kalender weiset offenbar auf ein kaltes Clima hin. Die Hauptstadt der Hia war nach Biot p. 543 in dem bergigen Districte von Thai-yuen in Schan-si, 38⁰ N. Br.; der grösste Theil der Bevölkerung aber im untern Thale des Hoang-ho und auf diesen beziehen sich die meisten Angaben über den Anbau und die Bewässerung in diesem Kalender. Ende März und Anfangs April kriechen die Seidenwürmer aus und die Zucht dauert den folgenden Monat über. Die Namen der Culturpflanzen, bemerkt Biot p. 547, sind nicht genau genug bezeichnet; doch sieht man, dass die Wintersaat der Hirse (Schu) im 2. Monate vor dem Wintersolstiz, im Anfange Novembers beginnt und das Ackern im Frühlinge im ersten Monate vor der Sommer Tag- und Nacht-Gleiche, d. i. Ende Februars. Andere Kornarten werden eben nicht erwähnt. Von Obstbäumen: Pflaumen, Aprikosen und Pfirschen, Maulbeerbäume zur Seidenzucht und der Baum Thung, der ein Oel gibt; von Gemüsen Melonen, Kürbisse, Porre, Lauch; Indigo zum Färben u. a. wilde oder wenig bestimmbare Pflanzen, von Thieren Hühner, Schaafe.

Die Viehzucht.

Die Chinesen sind nie ein Hirtenvolk gewesen, wie die Mongolen, wie die tübetanischen Kiang (deren Name schon zusammengesetzt ist aus Schaaf (Cl. 123) und Mensch (Cl. 10). China hat nie eine Hirtenkaste, wie das alte Aegypten, keine grossen Weideländer, wie in neuerer Zeit die La Plata Länder und Australien gehabt, aber es hatte immer neben dem Ackerbaue auch einen Viehstand und hat Zuchtvieh gehalten. Schon Yao schickt Schün nach Meng-tseu V, 1, 1, 3, und V, 2, 2, 6, 6, Ochsen und Schaafe zu seinen Vorrathshäusern und Kornmagazinen (Tsang-lin). Der Schi-king III, 2, 1, p. 156 erzählt, wie Heu-tsi, der Zeitgenosse desselben, bei seiner Geburt von seiner Mutter auf einem Kreuzwege ausgesetzt wurde, aber Ochsen und Schaafe verschonten das Kind, ohne es zu zertreten, im Walde fanden es die Holzhauer und die Raubvögel schützten es. Es sind dies freilich nur Legenden. Von einem seiner Nachfolger Kung-

---

1) So Biot und J-sse; abweichend der Text: Bei Abends Anfange sieht man die Spinnerin gerade im Norden; wenn man die Süd-Pforte sieht ist Morgen.

2) Ju ist Milch, Brust. Biot und der J-sse wiederholen statt dieses Satzes den obigen: Die Hirsche werfen das Geweih ab.

lieu (1797 v. Chr.) heisst es III, 2, 6 p. 162 er legte Ställe und Hürden an und nahm Schweine aus den Hürden. Einer seiner Nachfolger Thai-wang, diente nach Meng-tseu I, 2, 15, 1, als er in Pin wohnte, den Nordbarbaren mit Hunden und Pferden (die er ihnen lieferte). V, 1, 9, 1 erwähnt er aus späterer Zeit Viehzüchter (Yang-seng) in Thsin (Schen-si). Einem solchen sollte nach einer Erdichtung Pe-li-hi, der Minister von Mu-kung von Tshin, sich um 5 Schaaffelle verkauft haben, um dessen Ochsen zu füttern (sse-nieu).

Was die einzelnen Thiere betrifft, so unterscheiden die Chinesen das Wild (Scheu) und das zahme Vieh (Tscho). Vieh heisst überhaupt Seng, Vieh aufziehen Siang-seng Meng-tseu V, 1, 9. Eine Heerde, ur-sprünglich von Schaafen, heisst Khiün, Meng-tseu VII, 2, 19, 3; der Ausdruck Mu, weiden, ist zusammengesetzt aus Ochse und treiben, (ur-sprünglich eine Hand mit dem Stock). Hier ist einer, sagt Meng-tseu II, 2, 4, 3, der erhält eines Mannes Ochsen und Schafe, um sie zu weiden (mu), da sucht er sicher für diese Weide (mu) und Gras (tshu); findet er die nicht, so giebt er sie dem Manne zurück. Daher der Hirte mu Tscheu-li II, 22. Es bezeichnet Mu im Schu-king auch schon die Gouverneure der Provin-zen und Meng-tseu I, 1, 6, 6 nennt noch die Fürsten jin mu, Hirten der Menschen. Wie nach den Hausthieren und ihren Eigenschaften zur Zeit der Bildung der Schriftsprache schon gewisse Tugenden oder Laster bezeichnet wurden, wie Mei, die Güte, Schönheit durch ein grosses Schaaf, J, die Billigkeit, Gerechtigkeit, durch ich und Schaaf, Schen, gut, Güte, eigentlich ein Schaaf zwischen zweimal das Zeichen für Wort, also zwischen zwei Streitenden, Seu, aus Hand, die ein Schaf darbringt, ver-schämt, der Hund dagegen zum Zeichen der Kriecherei (Fo, mit Cl. 9, ein Mann wie ein Hund) und der Widersetzlichkeit, Fan und Kuang (Hund gegen König) dient u. a., dieses zeigt uns, wie man zur Zeit der Schrift-bildung schon in näherem Verkehre mit diesen Thieren war. Ueberhaupt fragt sich, ob die Hausthiere alle erst vom Menschen gezähmt werden mussten und nicht halb zahm dem Menschen entgegen kamen, während er an-dere nie völlig gezähmt hat. Bei den Ariern sind die Namen der Haus-thiere nach M. Müller Chips II p. 41 fg. gleich (sie hatten sie also schon vor der Trennung), während die der wilden Thiere, wie die für Krieg, Jagd verschieden (also später) sind. Der Raum verbietet aber

in weitere Vergleiche über das Vorkommen der Hausthiere hier einzugehen, so lehrreich es auch wäre. Siehe jetzt Hartmann's Studien zur
Geschichte der Hausthiere, in der Zeitschrift für Ethnologie von Bastian
und R. Hartmann. Berlin 1869. B. 1 S. 70 fgg. Für die 5 ersten Hausthiere sind alle Zeichen der Schriftsprache einfache, während, mit
Ausnahme der für Hirsch, Tiger u. s. w., die für die meisten wilden
Thiere zusammengesetzte sind. Daraus scheint zu folgen, dass schon
zur Zeit der Schriftbildung man mit den zahmen Thiere, die vielleicht
nie wilde waren, vertraut war, während man mit den wilden erst später
in nähere Beziehung trat. Die 6 Arten zahmer Thiere (tscho) die man
aufzog, von dem dunkeln Felde (Weidegrunde, der für sie sich eignete),
bezeichnet Tscheu-li 33 f. 17, waren nach Schol. 2 das Pferd, das
Rind, das Schaaf, das Schwein, der Hund und das Huhn. Wir
wollen zunächst von den einzelnen handeln. — Der allgemeine Ausdruck für Ochse oder Rind ist Nieu (Cl. 93), aber für die verschiedenen Alter und Arten gibt es besondere Namen. Ein zweijähriger Ochse
heisst Pei, ein 4jähriger im Schue-wen Sse (4), ein starker Ochse im
Eul-ya Kia, ein verschnittener im Schue-wen Kien und Kiai bei
Tschuang-tseu, ein 7 Fuss hoher Jün im Schi-king IV, 1, 3, 6, ein Kalb
Tho Li-ki Nui-tse C. 12 f. 64 v. Für die Opferstiere gab es nach der
Verschiedenheit der Farbe u. s. w. noch besondere Namen. Der allgemeine Ausdruck für Opferstiere ist Hi, schon im Namen Fo-hi's; ein
rother Stier wird Schi-king III, 1, 5, 1, geopfert und bringt Glück.
Am Hofe waren nach Tscheu-li 12, 17, fg. Ochsenleute (Nieu-jin), die die
Ochsen des Staates zu ernähren hatten. Sie lieferten zu den Opfern
die Ochsen, so auch bei Besuchen von Fremden am Hofe, bei Banquetts,
beim Bogenschiessen, bei Leichen-Ceremonien, auch die für die Armee. Lao,
ein Ochse (Cl. 93) unter Obdach (Cl. 40 Haus), bezeichnet spe-
ciell Opferthiere, thai-lao, das grosse, eine Kuh, schao-lao, das kleine,
ein Schaf. Vom Ochsen kommt der Character für Ding (voe), wie es
scheint eigentlich ein Ochsenschweif als Fahne; es kommt noch vor: aus
verschiedenfarbiger Seide machten sie Flaggen (tsa pe wei voe). Meu,
der männliche Ochse (mit Cl. 32 Erde) und pin der weibliche (mit hoa,
verändern), werden dann überhaupt für das männliche und weibliche

Thier, z. B. meu vom Huhne Schi-king I, 3, pin im Schu-king V, 2, 5 und selbst von Pflanzen gebraucht.

Die ausführlichsten Nachrichten haben wir über das Pferd. Das Pferd besteigen[1]), den Ochsen an den Wagen spannen, gilt für alte Erfindung Hoang-ti's nach Y-king Hi-tse 13, 7 T. II p. 531. Der allgemeine Name ist Ma (Cl. 187); aber hier gibt es nach Farbe und anderen Verhältnissen zunächst viele spezielle Ausdrücke.

Am Ausführlichsten ist darüber Schi-king IV, 2, 1, p. 206, vgl. Jü-hai B. 148 f. 9 v. Es werden da die vielen Pferde besungen, die Hi-kung von Lu 659—626 hielt. King-kung von Thsi (547 v. Chr.) hatte nach Lün-iü 16, 12, 1: 1000 Viergespann (tsien sse). Wen-kung von Wei 660 —634 v. Chr. nach Schi-king I, 4, 6: 3000 über 7' hohe Stuten Lai-pin: fett am Bauche und Rücken (kiung), heisst es IV, 2, 1, sind die Hengste (meu ma), die auf den wüsten Gefilden ferne von der Stadt sind (hiung tschi ye). Es giebt schwarze mit weissem (Hintern) (Yo), es giebt gelbe mit weiss (hoang), es giebt schwarze (li, vgl. I, 8, 10), es giebt (röthlich-)gelbe (hoang, Cl. 201), an Wagen geht es pheng pheng ohne Aufhören — — V. 2 und die folgenden Verse wiederholen den Anfang, dann heisst es: es giebt grau-gefleckte, tschui; es giebt gelb-weisse (pei); es giebt röthlich-gelbe (sing); es giebt weiss-schwarze (khi I, 11, 3), an Wagen gespannt sind sie kräftig — —; V. 3 sagt: es giebt apfel-graue mit weissen Flecken (tho), es giebt weisse mit schwarzer Mähne (lo), es giebt röthliche mit schwarzer Mähne (lieu I, 11, 3); es giebt schwarze mit weisser Mähne (lo, vgl. Li-ki C. Ming tang wei c. 14), an Wagen gespannt gehen sie gleichen Schrittes, sind schnell und unverdrossen; — — V. 4 hat noch: es giebt dunkle mit weissen Haaren (yn) gemischt, es giebt von roth und weiss gemischter Farbe (hia); es giebt welche mit (?) weissen Schenkeln (thien), es giebt mit weissen Augen (wie Fische, der Text hat nur: es giebt Fische), an Wagen gespannt vermögen sie viel[2]). Diese und noch andere Ausdrücke kommen auch gelegentlich vor, so Schi-king I, 15, 3 p. 70 Hung, ein gelblich-röthliches Pferd, I, 11, 2 Thie, ein eisengraues, I, 11, 3 Tschu, eins mit einem rechten weissen Fusse, ein gelbes mit schwarzen Schwanze (Kia). Kiao ist ein 6 Fuss hohes Pferd. Khi soll der Name eines berühmten Pferdes sein, das den Tag 1000 Li machte. Confucius im Lün-iü 14, 35 braucht es für ein gutes Pferd: Den Khi rühmt man nicht wegen seiner Stärke (li), sondern wegen seiner Tugend. Für alle diese verschiedenen Arten hat der chinesische Text immer besondere Wörter; man kann daraus wohl auf eine reiche Pferdezucht schliessen. Auch Schi-king IV, 2, 2 und 3 rühmen die fetten (pi) und kräftigen Wagenpferde von rother Farbe in Lu.

Die Pferde gediehen offenbar so gut, weil sie meist im Freien gezogen wurden. Sonst wurde nach II, 7, 2 das Pferd auch im Stalle (kieu) (mit Korn) gefuttert und dann besonders fett. Schi-king II, 4, 2 heisst es: das (2jährige) Füllen (Keu) von weisser Farbe weide das Gras meines Gartens (Tschhang), seine Füsse seien gefesselt und um den Hals habe es einen Strick. V. 2 weidet es statt dessen die Bohnen seines Gartens ab, V. 4 aber verzehrt es einen Bündel frischer Kräuter im Thale. Nach

---

1) Cibot Mém. sur les Chevaux de la Chine, in Mém. c. l. Chine T. II.

2) Die Deutung dieser verschiedenen Ausdrücke ist begreiflich sehr schwierig und unsicher, wir geben sie nach den Scholien, oft abweichend von la Charme. Der Jü-hai spricht von den verschiedenfarbigen Pferden der 3 ersten Dynastien B. 148 f. 2.

148

Li-ki C. Yuei-ling C. 6 f. 57 v. thut man im letzten Frühlingsmonate
einen Zug Ochsen (Lui-nieu) (zum Bespringen) zusammen, ebenso das
Reitpferd (Theng-ma), bringt die Kühe (Pin) auf die Weide. Die Opferthiere (Y-seng), die zwei-jährigen Füllen (Keu) und die Kälber (Tho)
werden im Buche nach ihrer Anzahl eingetragen.

Die ausführlichsten Nachrichten über die Pferdezucht gibt der Tscheu-li, es gehört aber
vielleicht besser zum Kriegswesen, wo es auch Ma-tuan-lin B. 159 und der Jü-hai B. 148 f. 2—4
haben. B. 30 f. 4 heisst es: Der Pferdeschätzer, Ma-tschi, hat die Pferde zu schätzen (die man
für den Hof und die Beamten kauft); man hatte dreierlei Maass für diese, nachdem es Kriegs-,
Jagd- oder geringere Pferde waren. Die 3 Classen haben auch verschiedene Preise; die fehlerhaften
werden angebunden. Erhält ein Offizier ein Pferd von seinem Chef, so schreibt er Alter und
Farbe desselben an, so auch den Preis; stirbt es binnen 10 Tagen, so muss er es bezahlen; stirbt
es nach 10 Tagen, so liefert er das Ohr ab und man verkauft den Cadaver; nach der Zeit
nimmt man es nicht mehr zurück. Auf dem Marsche wird die Länge desselben und die Last
erwogen. Streitigkeiten über Pferde schlichtet er.

Nach B. 32 f. 39 (33 f. 1) führen die Kutschergehilfen (Jü-fu) die Wagen und üben die
königlichen Pferde ein. Der Vorstand der Stutereien, Hiao-jin, hat die Oberaufsicht über die
Pferde des Kaisers (wang ma tschi tsching). Er unterscheidet die 6 Classen derselben 1) die
Race-, wörtlich Saat-Pferde (tschung-ma), 2) die Kriegspferde (Jung-ma), 3) die Prunkpferde (Tshi-
ma), 4) die Routepferde (Tao-ma), 5) die Jagdpferde (Tien-ma) und 6) die schwachen, wörtlich
Sclaven-Pferde (nu-ma) (nach Schol 2 fahren die ersteren den Jaspiswagen des Kaisers und können als Hengste verwandt werden; die 4 folgenden die anderen 4 Arten von Wagen des Kaisers, die letzte
Classe ist für den Dienst im Innern des Palastes). Nach dem Tscheu-li vertheilt der Direktor
dann die guten Pferde des Kaisers, zieht sie auf und vereinigt sie in Gruppen von 4 (Tsching);
über jede ist ein Vorgesetzter (Sse) mit 4 Stallknechten Jü; 3 solche Quadrillen (Tsching) bilden
einen Stall Tsao; über jeden steht ein Kutscher (Tso-ma); 3 solche Ställe bilden einen Hi unter
einem Ju-fu; 6 Hi bilden ein Kieu unter einem Po-fu; 6 solcher Kieu eine vollständige Stuterei, Tsching-hiao. Es gibt eine solche der Rechten und Linken. Für die schwachen Pferde
verdreifacht man die Zahl der Aufseher: für je 2 dieser ist ein Stallknecht Jü; für 8 Paare ein Vorstand; für 8 solche ein Kutscher (Tso-ma); über 8 solche steht ein Jü-fu (dies gibt im Ganzen
3,456 Pferde, darunter 2,160 der fünf guten Classen des Kaisers). Der Kaiser hat 12 Pferdeparks
(Hien-ma) und 6 Arten von Pferden[1]); ein Vasallenfürst (pang kue) 6 Parks und 4 Arten Pferde;
ein Apanagirter (Kia, eig. Haus) 4 Parks und nur zwei Arten Pferde.

Auf 4 Pferde gibt es nach §. 45 einen Hengst (Te, statt Meu). Im Frühlinge opfert der
Vorstand der Stutereien dem Pferdeahnen (Ma-tsu) (den 4 Sternen im Sternbilde Fang, β, δ, π, ϱ
im Scorpion), die zwei-jährigen Füllen Kiü werden abgesondert; im Sommer opfert er dem
ersten Pferdezüchter (Siang-mu), (dessen Namen man nach Schol. 2 nicht mehr wusste); er scheidet
die Pferde und castrirt die Hengste (Kung te); im Herbste opfert er dem guten Genius der Pferde
(dem Manne, der zuerst ein Pferd bestieg; der Schi-pen nennt ihn Siang-sse) und unterweist die
Wagenlenker; im Winter opfert er dem bösen Genius der Pferde (Ma-pu, der ihnen schadet). Er
bringt (dem Kaiser die dressirten) Pferde dar und instruirt die Kutschergehilfen (Jü-fu). Bei
einem grossen Opfer, bei den Besuchen im Frühlinge und Herbste am Hofe und bei den grossen Ver-
sammlungen der Vasallenfürsten sortirt und vertheilt er die Pferde nach der Farbe, equipirt die
verschenkten, nimmt den Stock und begleitet sie. Wenn fremde Besuche (an den Hof) kommen,

---

1) Nach Schol. hat der Lehnfürst 3 Arten von Pferden: Prunk-, Routen- und Jagdpferde, ein
Ta-fu u. Minister nur Jagdpferde.

nimmt er ihre Pferde in Empfang, die sie zum Geschenke bringen. Bei einer grossen Leiche besorgt er das Pferd zum Leichenwagen und wenn (der Kaiser) eingescharrt wird, begräbt er das Pferd mit. Bei einer kaiserlichen Jagd (Tien-lie) kommandirt er die Bewegung der Wagen, das Wild anzuhalten. Bringt der Kaiser den Bergen und Flüssen innerhalb der 4 Meere (des Reiches) ein Opfer dar, so wählt er das gelbe Füllen (hoang keu) (zum Opfer aus; gelb ist die Farbe der Erde). Er liefert die Pferde zum Geschenke für die Beamten, die ausgesandt werden. Wird eine Armee zusammengezogen, so wählt er die Pferde aus und vertheilt sie und classifizirt die Gehalte der Kutschergehilfen und die Rationen der Beamten in seinem Dienste.

Die Kutscher, Tso-ma, helfen nach f. 52 (33 f. 6) den Gehülfen der Stutereien (Tsan-tsching), die (kaiserlichen) Pferde zu dressiren, bestimmen was sie zu fressen und zu saufen bekommen und üben sie in den sechserlei Bewegungen (lo-tsie, nach Schol. 2 marschiren, anhalten, vorrücken, zurückgehen, trotten und gallopiren). Sie vertheilen ihre Arbeit- und Ruhezeit und unterscheiden, wie sie in den 4 verschiedenen Jahreszeiten sich zu verhalten und zu logiren haben). (Nach Schol. 2 waren die Pferde vom 2.—8. Monate auf der Weide (mu), wo es Schoppen (ya) zum Schutze derselben gab, vom 8. bis zum 2. Monate des folgenden Jahres im Stalle). Sie richten sich dabei nach den Befehlen der Kutschergehilfen.

Der Wu-ma, Pferdezauberer, hat die kranken Pferde zu ernähren und sie zu behandeln; er unterstützt den (Thier)arzt[1], J) und bekämpft die Krankheiten derselben durch Medikamente, die er vom Vorstande der Stuterei (Hiao-jin) erhält (er kennt nach Schol. 3 den Ahnen jedes Pferdes und ruft ihn an); stirbt ein Pferd, so überliefert er es den Kaufleuten unter seinem Befehle, den Cadaver zu verkaufen. Das Geld liefert er an den Vorstand der Stuterei ab.

Der Aufseher der Weide, Mu-sse, hat unter sich die Weide-Ländereien (mu-ti), die (den Ortsnachbarn) zu benutzen streng verboten waren. Sie machen die Vertheilung (nach den Quellen, der Menge der Gräser und der Zahl der Pferde). Zu Anfange des Frühlings steckt man die Weide in Brand (feu mu). In der Mitte des Frühlings lässt man die Stuten bespringen (thung yn); sie ordnen Beides an. (Wenn nach dem Li-ki C. Yuei-ling 6 f. 57 v. das Bespringen erst am Ende des Frühlings geschah, so ist dies Capitel erst aus der Zeit der D. Thsin, deren Land kälter war). Bei einer kaiserlichen Jagd helfen sie das Kraut (lai) verbrennen.

Die Seu-jin haben nach f. 55 (33 f. 7 v.) die Pferde der 12 kaiserlichen Parks aufzuziehen; dass sie wachsen, lassen sie die Hengste (te) ausruhen, unterweisen die 3- (nach andern 4jährigen) Pferde (thao), castriren die 2jährigen Füllen (keu). Wenn man dem Pferdeahn opfert, opfern sie dem ersten Chef des Pferdeparks (Hien tschi sien mu), drücken den Pferden die Ohren zusammen (mit einem Bambuinstrumente, wie unser serre-oreille), dass sie nicht zu hitzig werden, leiten die Wahl der Pferde des Vorstandes der Stuterei. Ein Pferd, das wenigstens 8 Fuss hoch war, hiess Drache Cl. 212 (Lung), eins von 7' Lai, ein gewöhnliches von 6' blos Pferd (Ma) (der chinesische Fuss war aber viel kleiner als unserer; der Mensch nach Tscheu-li 40 f. 16: 8' = 1^{m} 60).

Der Jü-sse oder Chef der Stallknechte hat die Stallknechte (Jü-jin) zu unterweisen, wie die Pferde zu ernähren sind. Im Frühlinge nehmen sie die alte Streu (jo) weg, bestreichen die

---

1) Es gab damals schon Hof-Thierärzte, Scheu-i; sie hatten nach Tscheu-li B. 5 f. 15 die einfachen Krankheiten und auch die Geschwüre der Thiere zu heilen. Um die ersten zu heilen, benetzen sie sie (mit aromatischen Pflanzenaufgüssen) und lassen sie marschiren, um ihre Lebenskraft zu wecken, prüfen die Symptome und heilen so die Krankheiten. Die Geschwüre zu heilen, benetzen sie sie auch und machen dann Einschnitte, dass das Uebel zu Tage tritt, geben ihnen darauf Arzeneien, besorgen und ernähren sie. Bei Todesfällen zählt man die Umgekommenen, um darnach ihren Gehalt zu erhöhen oder zu verringern. Ueber die jetzigen chin. Pferdeärzte (i-ma) s. Fleming p. 401.

Ställe mit (Opfer)blut (hin) (vgl. Tso-tschuen Tschuang-kung A⁰ 29) und bringen die Pferde auf die Weide, im Sommer unter Schoppen. Im Winter präsentiren sie sie — — —. Die Stallknechte, Jü-jin, haben die Pferde mit Gras und auf der Weide zu ernähren, stehen unter den vorigen und führen die Pferde, wenn fremde Besuche kommen, bei einem Leichenkondukt u. s. w.

Alles dieses gilt eigentlich nur von den kaiserlichen Stutereien, doch gewährt es immer einige Einsicht in die Behandlung der Pferde, über die wir sonst keine Nachrichten haben. Die Pferde wurden geritten und an den Wagen gespannt (Kia) Lün-iü 10, 13, 4. Ein Viergespann heisst Sse ib. 12, 8 und 16, 12. Schi-king I, 11, 3 erwähnt der Kriegswagen, Siao-jung, mit Querhölzern und Befestigungen, die Zügel der Pferde mit Ringen werden fest oder lose angezogen. Vers 2 spricht von 6 angezäumten Pferden, die 2 mittleren mit schwarzer Mähne, sonst roth, zu jeder Seite 2 schwarze mit schwarzer Schnauze. Die Wagen haben Schilder mit Drachen verziert; die Zügel und Panzer der Pferde sind schön geschmückt, nach Vers 3 die Brust der Pferde mit Erz. Ein Halfter oder Zaum heisst Ki Li-ki C. Tan-kung u. Tso-schi Hi-kung A⁰ 24. Ueber die Bezäumung u. Sattelung finde ich nichts; auch nichts von Steigbügeln und Beschlag mit Hufeisen, jetzt Ting tschang ta, ein Schuh für den Huf genannt, welche die Römer noch nicht kannten, die man in Nord-China aber jetzt hat, während die Japaner die Pferdehufe noch blos mit Stroh umwickeln, s. Fleming p. 394. Bei ihrer Art zu verfahren halten die Thiere beim Beschlagen ruhig still ib. p. 400.

Weniger ist über die anderen zahmen Thiere zu sagen. Das Schaaf heisst im Allgemeinen Yang (Cl. 123); Schaaf und Ziege unterscheidet der Chinese nicht[1]). Schafe ass man schon früh viel, — daher mit Cl. 184 Speise und das Wort allein schon für ernähren, keng für Suppe, — hielt sie aber wohl nicht beim Hause, wie Schweine, Hühner nach Meng-tseu, sondern in Heerden, daher Kiün für Heerde überhaupt, (ebenso die Ochsen, daher mu weiden (Ochsen treiben)). Schaf unter Obdach (Cl. 53) ist Siang, Schule. Es gibt aber verschiedene Ausdrücke für die älteren und jüngeren Thiere. Tha heisst ein junges Lamm Schi-king III, 2, 1, p. 156; weil es leicht geboren wurde, heisst der Charakter darnach penetro. Kao ist ein junges Lamm, das geopfert wurde Schi-king I, 15, 1, Li-ki C. Nui-tse 12 f. 64 v. — Lammfelle Kiao werden als Pelzwerk getragen Schi-king I, 7, 6 und I, 10, 7 — Tsang bei Me-tseu b. Legge Prol. II p. 108 ein Widder, Ku nach Medhurst, auch nach la Charme zu Schi-king II, 7, 6 aber ein Schaaf, das noch keine Hörner hat; ein dreijähriger Widder, der geopfert wird, heisst im Schi-king III, 2, 1, Ti, Tschhu, ein Lamm von 5 Monaten im Schi-king II, 1, 5; es dient bei einem Gastmahle. Man sieht auch hier besondere Wörter für die verschiedenen Altersstufen ausgeprägt. Am Hofe war der Schaafmann Yang-jin, der

---

1) Ein anderer Ausdruck ist jetzt Huan; diesen giebt Medhurst durch Ziege, der Tsi-yu erklärt es aber ein Bergschaf mit schmalem Horne (Schan yang se kio) und Khuan davon, mit Zusatz von Cl. 140, ein grosses, weites Haus, heisst dann weit, liberal u. s. w.

mit den Schaafen, die zum Opfer bestimmt waren zu thun hatte, sie lieferte, tödtete, mit dem Blute derselben bestrich und besprengte; hatte er kein Opferthier vorräthig, so erhielt er Geld vom Kriegsminister und liess welche kaufen. Tscheu-li 30 f. 14—17.

Die nächsten zahmen Thiere sind 4. die Schweine. Der allgemeine Ausdruck dafür ist Schi (Cl. 152). Ich weiss nicht, ob dies nicht ursprünglich das wilde Schwein bezeichnete. Meng-tseu VII, 1, 16 sagt: als Schün mitten im tiefen Gebirge unter Bäumen und Felsen wohnte und mit Hirschen und Schweinen verkehrte u. s. w. Schi-king II, 8, 8 p. 139 sagt: die Schweine mit weissem Hufe gehen in Haufen sich zu baden. Eine Sau heisst Tschi bei Meng-tseu I, 1, 3, 4, auch Tschu im Li-ki Nui-tse 12 f. 70 v., ein Ferkel Tün; bei Meng-tseu VII, 2, 26, 2 thut man es in einen Stall und bindet es da noch an. Li-ki Nui-tse f. 63, 64 v., 67. Das Schwein des Nordens, sagt Fleming p. 246, ist jetzt verschieden vom wilden Eber des Orients, dem Vater des zahmen chin. Hausschweins und dem kleinen, weissen oder schwarzen des Südens.

5) Der Hund. Nach Gaubil's Uebersetzung von Schu-king C. Liü-ngao V, 5 p. 176 § 8: un chien, un cheval sont des animaux étrangers à votre pays, il nén faut par nourir, könnte man meinen, China habe damals (1122 v. Chr.) noch weder Hunde, noch Pferde gehabt, die Uebersetzung des Capitels ist da aber ungenau; es eifert nur gegen fremde, seltene Thiere, wie den Hund Ngao, den die W. Barbaren Liü darbringen. Der allgemeine Ausdruck für Hund ist Khiuen (Cl. 94[1]). Die Chinesen unterscheiden jetzt 3 Arten, den Jagdhund, Tien-khiuen, den Kläffer, Fei-khiuen und den essbaren Hund, Schi-khiuen. Der Bellhund, Mang Schi-king I, 2, 12 ist nach dem Charakter zusammengesetzt aus Hund Cl. 94 und Haare Cl. 59, also der zottige. Dass er das Haus bewachte und wenn ein Fremder sich näherte, herausstürzte, deutet das Compositum Cl. 94 mit Cl. 40 Obdach Tho an. Ein gewöhnlicher Ausdruck für Hund ist auch Kheu. Für Jagdhund kommt Schi-king I, 8, 8 auch der Ausdruck Lu vor. Sie waren aneinander gebunden und machten

---

1) Näheres über die Art erfahren wir nicht. Nach Fleming p. 234 ist jetzt der Hund des Nordens wie der Paria-Hund Indiens und der Türkei und belästigt Stadt und Land. Verschieden sei der des Südens, der dem Schafhunde der Schottischen Hochlande ähnlich und schon in den Gräbern von Beni-Hassan gefunden werde.

152

ein Geklingel Ling-ling. Das Weibchen und sein Junges hatten einen Ring, andere waren zu Zweien an einem Ringe. Schi-king I, 11, 2 erwähnt noch Jagdhunde mit langer Schnauze Hien und andere mit kurzer Schnauze Hie; auch Scheu soll eine Art Jagdhund sein. Noch mehrere Ausdrücke weisen darauf hin, dass der Hund zur Jagd viel gebraucht wurde; so hoe fangen, lie Wild jagen. Der Character für Geruch, Spüren, tscheu ist gebildet aus dem alten Zeichen für Nase (Cl. 132) und Hund. Dass man Hunde wie Hühner hielt, ergibt sich aus Meng-tseu VI, 1, 11: hat ein Mann seinen Hund oder Huhn verloren, so weiss er sie zu suchen; hat einer aber sein Herz verloren, so weiss er es nicht aufzusuchen. Das Hahnengekrähe (Ming) und das Hundgebelle (Fei) hörte man nach II, 1, 1 § 10 schon unter den 3 D. Dass Hunde zum Verspeisen gezogen wurden, ergibt Meng-tseu I, 1, 7, 23 u. s. w. Am Hofe gab es einen eigenen Hundemann, Khiuen-jin, nach Tscheu-li 37, 1 fg.; er hatte mit den Hunden, die als Opfer dargebracht wurden, zu thun und wählte dazu solche von einer Farbe, so auch wenn der Kaiser zum Reiche hinausfuhr und sein Wagen über einen Hund getrieben wurde nach Tscheu-li u. s. w.

Das letzte zahme Thier ist 6) das Huhn. Der allgemeine Ausdruck für Huhn und Henne ist Ki; das Zeichen ist aber schon sehr zusammengesetzt. Das Krähen (ming) des Hahnes Morgens wird öfter erwähnt Schi-king I, 7, 8 und I, 8, 1, der Ton wird aufgefasst als Kie-kie I, 7, 16, aber auch als Kiao-kiao. Schu-king C. Mu-tschi V, 2, 5 sagt Wuwang: Ein altes Sprichwort sagt: die Henne kräht morgens nicht (pin ki wu schin), kräht sie morgens (so bedeutet das) der Familie Fall (wei kia tschi so). Abends gehen die Hühner zu Wimen (Tsi und Kie). Schi-king I, 6, 2 heisst es: schon geht das Huhn in sein Loch in der Mauer, die Sonne neigt zum Untergange, Ochsen und Schaafe gehen in die Ställe; V. 2 heisst es dafür: es geht zu Wimen. Sie scheinen allgemein gehalten worden zu sein. Meng-tseu III, 2, 8, 2 sagt: da ist ein Mann, der stiehlt täglich seinem Nachbarn Hühner; einer ermahnt ihn und sagt, das ist aber doch nicht recht; er erwiedert: mit eurer Erlaubniss will ich davon nachlassen, monatlich nur 1 Huhn stehlen und nächstes Jahr es ganz lassen. — — Ein Küchlein oder junges Huhn Tsiu ass man nicht nach Li-ki C. Nui-tse 12 f. 66. Am Hofe gab es nach Tscheu-li 20 f. 10 eigene Hahnenleute, Ki-jin, welche die Hähne zum Opfern zu liefern hatten. Sie unterschieden sie nach den Farben (nach Schol. 2 opferte man dem männlichen Principe in der Bannmeile des Südens und im Ahnensaale einen rothen Hahn, dem weiblichen in der Bannmeile des Nordens und beim Opfer der Erde und Feldfrüchte einen schwarzen Hahn). Beim grossen Opfer verkündet er Nachts den Aufgang der Sonne, die Beamten des Hofes zu wecken; ebenso bei fremden Besuchen, bei einer Versammlung am Hofe u. s. Auch das Bestreichen (der Thür des Ahnensaales mit Blut) verrichtete er mit Hahnenblut, während der Ahnensaal mit Schaafblut bestrichen wurde. Streithähne, Teu-ki, kommen bei Lie-tseu im J-sse B. 27, fol. 22 v. unter Kaiser Siuen-wang (827—781) vor, Hahnengefechte in Lu A. 517 v. Chr. im Sse-ki B. 33 f. 18, Pfizmaier's Lu p. 40. Einer zog aber nicht alles zahme Vieh. Im Ta-hio 10, 22 sagt Meng-hien-tseu: Wer Pferde und Wagen hält, sieht nicht auf Hühner und Ferkel; die Familie, die Eis hauet, zieht nicht Ochsen und Schafe.

Gänse und Enten scheinen noch nicht gezähmt gewesen zu sein, doch nehmen einige Ngo Meng-tseu III, 2, 10, 5 für die zahme Gans, im Gegensatz der wilden Yen I, 1, 2, 1, die in Park's gehalten wurden, wie auch die grössere Art Hung, welche ein besonderes Thier ist. Jetzt treiben die Chinesen bekanntlich eine grosse Entenzucht. Auch das jetzige künstliche Ausbrüten der Eier in besondern Häusern, das zuletzt M. d'Irisson Etudes sur la Chine moderne. Paris 1866. 8. p. 116—120 geschildert hat, habe ich nicht erwähnt gefunden. Eier (luan) kommen vor, doch nicht viel. Ebenso wenig hatten sie eine Taubenzucht. Maulesel sind jetzt nach Fleming p. 80 in Nord-China ausgezeichnet und viel gebraucht und nach Bastian Die Völker Ost-Asien's. Jena 1867. 8. B. 3 p. 219 haben die Siamesen und Birmanen von den Chinesen 5 verschiedene Bastardarten kennen gelernt 1) nach Schue-wen der Kiue-te vom Pferde und Eselinn. 2) To-me vom Esel und Kuh! 3) Tsi-mung von Stier und Eselinn! 4) Keu-heu von Stier und Stute. 5) Lo vom Esel und Stute, das Maulthier; eine Art Maulthier ist noch Tschi-me. Im Alterthume kommen Esel (liü) und der Maulesel (Lo) noch wenig vor, wenn dies nicht blos zufällig ist, da natürlich die Nachrichten nur sehr fragmentarisch erhalten sind. Nach Liü-schi's Tschhünthsieu ist ein Diener Tschao Kien-tseu's erkrankt. Der Arzt sagt: wenn er von einem weissen Maulthiere (lo) die Leber erhält, wird er leben, sonst sterben. Jener tödtete sein Lieblingsmaulthier und gab ihm dessen Leber. Vom Kameel, Lo-tho, das auch nicht erwähnt wird, sagt die Geschichte der ersten Han (Tsien Han-si-hoe-tschuen Ti 66, dass es sich viel im Westen im Reiche finde. Auch die Katze (miao) kommt als Hausthier kaum vor; der Li-ki C. Kiao-te-seng c. 11 f. 37 v. erwähnt sie, aber nur als Feldmäuse zur Nahrung fangend; im Schi-king III, 3, 7 steht es wohl für Tiger-Katze, Tsien-miao; la Charme übersetzt es da Parder, andere wilde Katze. Für das Castriren hat Khang-hi s. v. schen u. Cl. 187 überhaupt tün, dann besondere Wörter für jedes Thier, für das Pferd schen, ? den Ochsen huan, das Schaf ye, eine Katze tseng, das Schwein yen, das Huhn schen, (ein Kapaun heisst jetzt Sien-ki), aber ich finde keine alten Belegstellen für diese Wörter. Schen-schu wird dann selbst auf das Pfropfen der Bäume übertragen.

Wir fügen jetzt noch einige allgemeine Bemerkungen über die Zucht der zahmen Thiere hinzu. Wir haben schon aus Tscheu-li 12

154

f. 39 angeführt, wie die Leute des Volkes, die kein Vieh zogen, auch
keine lebenden Thiere zum Opfer darbringen durften. Die Hirten bezahlten nach f. 38 ihre Abgaben in Vögeln und Vierfüssern. Wir haben
auch schon erwähnt, wie Meng-tseu I, 1, 3, 4 will, dass Jeder Hühner,
Säue oder Ferkel (tün) u. Hunde (Keu) halte, damit die 70ger Fleisch
essen könnten; nach VII, 1, 22, 2 hatte unter Wen-wang jede Familie
5 Bruthhennen (Mu-ki, eigentlich Mutterhennen) und 2 Zuchtsäue (Mu-
tschi): man raubte ihr nicht durch Frohnen die gehörige Zeit und so
hatten die Alten Fleisch genug. VI, 1, 7, 8 unterscheidet er Tseu und
Huan Grasfresser und Kornfresser (jenes sollen Ochsen und Schaafe,
dieses Schweine und Hunde sein nach den Schol.): II, 2, 4, 3 sagt er,
da ist ein Mann, der empfängt von einem anderen Rinder und Schaafe,
sie zu weiden (Mu); er muss für sie Weide (Mu) und Gras (Tseu) suchen;
findet er es nicht, gibt er sie ihm da zurück oder lässt er sie umkom-
men? Der Sse-ki B. 40 f. 10, S. B. 44 S. 86 erwähnt ein Sprichwort:
der Führer (King) der Kuh betritt den Feld-Weg eines Anderen;
des Feldes Herr nimmt ihm die Kuh; das Feld betreten ist allerdings
nicht recht (tschi), aber ihm gleich die Kuh dafür zu nehmen, ist das
nicht auch zu stark? Schi-king III, 2, 2 p. 158 heisst es: die Ochsen
und Schaafe mögen abgehalten werden, damit sie das am Wege wach-
sende Rohr nicht zertreten. IV, 1, 3, 7 p. 204 geht der Hirte, die
Schaafe und Ochsen zu besehen. Nach dem Bambubuche bei Legge
Prol. T. 3 p. 152 legte Hiao-wang (861 v.Chr.) zuerst am Kien u. Weifluss Weiden
an. Am Hofe gab es nach Tscheu-li B. 12 f. 14 eigene Hirten, Mu-jin, die
6 Arten von Thieren, die zum Opfer bestimmt sind, zu hüten, zu mehren
und fett zu machen. (Nach Schol. 2 ist darunter statt des Huhnes der
Fasan), um makellose Opferthiere zu erzielen. Bei den Opfern für das
männliche Princip (s. o.) wählte man ganz rothe, für die des weiblichen
Princips ganz schwarze, für die der Berge und Flüsse wenigstens ein-
färbige, nach der Farbe des Landes; auch zu den Opfern in den 4 Jahreszeiten (der Berge, Flüsse und 4 Weltgegenden) musste man sich Opferthiere ohne Makel und von einer Farbe bedienen; bei äussern Opfern
und Beschwörungen konnte man auch welche von gemischter Farbe
nehmen. Sie liefern die erstern den Viehmästern, Tschung-jin, die sie
besonders nach f. 21 anbinden. Die Opfer der 5 Kaiser (Ti) und der

alten Kaiser binden sie in einem besonderen Stalle an und nähren sie
da 3 Monate mit Gräsern (Tsao), (nur die Ochsen, Pferde und Schaafe
s. Kung-yang Huan-kung A⁰ 2); die Opferthiere für unregelmässige
Opfer (der Berge, Flüsse und bei Eidesleistungen) binden sie nur am
Thore der Hauptstadt an und heissen die Vorsteher der Thore sie futtern, prüfen dann die Opferthiere und geben an, welche gut sind (den
Tag vor dem Opfer). Nach Li-ki C. 24 Tsi-i inspizirte der Fürst selber
zu Anfange und in der Mitte des Monats die Opferthiere.

Der Schi-king II, 4, 6, auch übersetzt von Cibot Mém. T. 13 p. 521 fg., enthält noch ein
kleines Hirtenlied, das uns einen Blick in ihre Verhältnisse thun lässt: Wer wird sagen, du
habest keine Schaafe, da jede deiner Heerden aus 300 Schaafen besteht? Wer wird sagen, du
habest keine Ochsen, da du rothe mit schwarzer Schnauze allein neunzig hast. Es kommen deine
Schaafe und stossen nicht mit den Hörnern; es kommen deine Ochsen und haben schmucke Ohren.
Einige gehen hinab in's Thal, einige trinken im Graben (Teiche), einige legen sich nieder, andere
stehen. Der Hirte trägt ein Regenkleid aus Gras (so) und einen Regenhut (li) und hat sein Essen bei sich. Dreizigerlei Sachen, die dir alle nöthig sind, hast du in Menge. Der Hirte kommt
und sammelt sich Brennholz (sin) und Kräuter (tsching), jagt Wild, männliche und weibliche
Vögel (hiung tseu). Deine Schaafe sind fett und kräftig, ohne Räude und Krankheit, wenn er
nur winkt und den Arm bewegt, eilen sie um die Wette in die Ställe. Zuletzt erwähnt er noch
des Traumes des Hirten und dessen Deutung durch den Wahrsager.

Fleming p. 218 hebt hervor, wie viel in N. China jetzt die Thiere
leisten, ohne alle sie entfremdenden Strafen, bloss durch moral suasion, wie
er sagt (s. da das Weitere); keine bissigen Hunde da bei der Schafheerde,
kein Treibstachel, im Gegensatz der grausamen Behandlung der Thiere
in Mexiko, der Türkei und Hindustan; vor 5 Jahren würden Pferde
und Esel nicht zum Dienste verwendet, so seien sie zahm und folgsam
und Pferde von 15—30 Jahren noch so kräftig, wie nur im 5. und 6.
Ich weiss nicht, ob das schon im Alterthume so war, nur die letzte Stelle
spräche etwas dafür. Sonst scheint die Achtung des Viehes deren
Behandlung nach gering gewesen zu sein. Meng-tseu sagt IV, 2, 3, 1
zu Siuen-wang von Thsi: wenn der Fürst seine Minister als seine Hände
und Füsse betrachtet, so sehen sie in ihm den Bauch und das Herz;
betrachtet er sie als Hunde und Pferde, so sehen sie in ihm nichts
als einen Menschen des Reiches (Kue-jin); betrachtet er sie als Erdboden
und Gras, so sehen sie in ihm nur einen Räuber und Feind. V, 2, 6,
4 erzählt er, wie Mu-kung von Lu (409—376 v. Chr.) sich häufig nach Tseu-sse's
Gesundheit erkundigte und ihm gekochte Speisen schickte, aber nichts weiter.
Zuletzt wurde der dessen überdrüssig, liess den Boten zur grossen Thür

hinausgehen, verneigte sich 2mal bis zur Erde, nahm die Speise aber nicht an und sagte: Jetzt sehe ich, dass der Fürst blos wie ein Pferd oder wie einen Hund mich futtern will und VII, 1, 37, 1 sagt Meng-tseu: einen Schüler futtern und ihn nicht lieben, ist ihn wie ein Schwein behandeln; ihn lieben und nicht ehren, ist ihn wie ein Hausthier (Tscho) halten.

Noch muss hier der Seidenwürmer- und Bienenzucht gedacht werden. Wir können freilich nur wenig darüber sagen. Die Maulbeer-baumzucht ist schon oben S. 125 fg. erwähnt, ebenso wie Meng-tseu die An-pflanzung der Maulbeerbäume und die Zucht der Seidenwürmer (Tsan) em-pfiehlt, damit die Greise in Seide (Sse) sich kleiden können. Schon im C. Yü-kung III, 1, 1, 16, heisst es: (durch Yü's Wasserarbeiten) wurde in Yen-tscheu das Maulbeerland für Seidenwürmer geeignet gemacht. Meng-tseu, III, 2, 3, 3 führt aus dem alten Li-ki an, (Vgl. Li-ki C. Tsi-i 24 f. 50 v., Tsi-tung 25 f. 64), wie der Fürst selber pflügte, die Hirse zu Opfern zu beschaffen und seine Frau Seidenwürmer aufzog und die Cocon's abhaspelte (Sao), um daraus die (Opfer-)Kleider zu machen und VII, 1, 22, 2, wie unter Wen-wang 5 Meu beim Hause mit Maulbeerbäumen bepflanzt wurden, mit welchen die Frauen die Seidenwürmer futterten, dass die Alten ge-nug seidene Kleider hätten. Der Tscheu-li B. 7 f. 10 sagt: in der Mitte des Frühlings (im April nach dem Kalender der Hia) ladet der Admi-nistrator des Innern (Nui-tsai) die Kaiserinn ein, an der Spitze der Frauen des Innern und Aeussern in der Bannmeile des Nordens die Zucht der Seidenwürmer zu beginnen, um die Opferkleider zu fertigen, Tscheu-li B. 30 f. 6 steht etwas am unrechten Orte: der Pferdeschätzer (Ma-tschi) verbietet in demselben Jahre eine 2. Seidenwürmerzucht (kiu yuen tsan). Khio soll nach d. Schue-wen ein Gefäss sein, Seidenwürmer (darin) auf-zufüttern; im Li-ki C. 6 Yuei-ling ist Po ein Bambugeräth zu dem Zwecke.

Die Biene heisst Fung Schi-king IV, 3, u. Tso-tschuen Hi-kung A⁰ 22, aber von einer Bienenzucht erfahren wir weiter nichts, obwohl nach Li-ki C. Nui-tse 6 fol. 53 v. die Kinder den Eltern Honig (Mi) bringen, ihnen das Essen zu versüssen. Später unterscheidet man Erdhonig Thu-mi, Baumhonig Mo-mi und Stein- oder Felsenhonig Schi-mi.

Fremde, seltene Thiere zu halten, dagegen eifert der Thai-pao unter Wu-wang im Schu-king C. Liü-ngao V, 5 schon, als die Liü im W. ihm einen Bluthund, Ngao darbrachten; er solle nicht fremdartige Sachen hoch schätzen, nützliche gering achten, dann (schaffe) das Volk die genügend seien; (selbst) Hunde und Pferde, die nicht die seines Landes seien, solle er nicht aufziehen, schönes Geflügel und seltene wilde (Thiere) nicht unterhalten im Reiche, nicht Dinge aus der Ferne hoch schätzen. Man hielt Tiger und (?) wilde Ochsen (sse) in hölzernen Käfigen (hia). Wenn ein Tiger oder Sse, sagt Confucius. Lün-iü 16, 1, 7 aus seinem Käfig ausbricht — — wessen Schuld ist das? Das Halten von Singvögeln in Käfigen, sowie die Abrichtung der Falken zur Jagd, die nach Fleming p. 453 in Nord-China jetzt häufig sind, finde ich im alten China nicht erwähnt. Doch hatten die Kaiser Parks und Fischteiche. Die Parkleute (Yeu-jin) hatten nach Tscheu-li B. 16 f. 40 das Wild in den Parks zu hegen, die 100 Arten zu weiden und lieferten die nöthigen Thiere zu Opfern, bei Leichenbegängnissen und Fremdenbesuchen; die Tschanghio zogen nach B. 30 f. 47 Geflügel und lieferten sie (nach d. Schol. wilde Gänse und Enten, Fasanen, Wachteln, Rebhühner u. s. w.). Dies führt uns zur Jagd.

Die Jagd.

Während jetzt China kaum wilde Pflanzen hat, noch weniger Waldungen und daher von der grossen Jagd in China selbst nicht viel die Rede sein kann[1]), war das alte China lange voll Wald und Wild und regelmässig wurden Jagden nicht nur von Privaten zur Ergänzung der Nahrungsmittel, sondern auch vom Kaiser und den Fürsten zum Schutze des Ackerbaues und als Vorschule des Krieges unternommen.

Uebersehen wir erst die wilden Thiere, die vorkommen, so erwähnt der Schi-king III, 3, 7 p. 185 mehrere. Es ist da vom Reiche Han die Rede, welches, ein glückliches Land ist, wo ungeheure Flüsse und Seen sind, und in diesen die grossen Fische Fang und Yü, Hirsche, (Yeu und Lu, Cl. 198), zweierlei Bären (Hiung und Pe). — In der Ostgegend trugen nach Schi-king II, 5, 9 die gewöhnlichen Schiffer Felle von beiderlei Bären — Miao (Parder, nach anderen aber wohl wilde Katzen) und Tiger (Hu, Cl. 141) — den Tiger wagt man nicht unbewaffnet anzugreifen nach Schi-king II, 5, 1 —. Als Tribut kommen Felle vom Pi, rothen Pardern (pao) und gelben Bären vor; (erstere) sollen Leoparden oder Panther sein. Im Schu-king V, 2, 9 werden die Soldaten ermahnt, solche zu sein — Wer mich anklagt, sagt der Eunuche Meng-tseu im Schi-king II, 5, 6, den mögen Panther und Tiger fressen und wenn die es nicht thun, er in die Nordgegend verbannt werden. — Im Schu-king III, 1. 9, 69, kommen noch Li vor, die man für Schakal's

---

1) In Nord-China jagt man jetzt Hasen, Rebhühner, Wachteln, wilde Enten und bedient sich dazu der Schlingen, des Vogelschlags, besonders jagt man mit Falken; s. Lieut. Treves in d. Voy. en Chine et en Mongolie de Ms. de Bourboulon, par Ach. Poussielgue. Paris 1866 I p. 32 fgg.

158

nimmt. Dann finden wir wilde Schweine, Kien im Schi-king I, 8, 2; andere dreijährige heissen
Pa und Tsung, I, 15, 1 p. 67. Ebenda wird der Fuchs, Hu-li oder Hu im Schu-king III, 1, 1,
69 u. Schi-king I, 3, 16 genannt, — der Fuchs, heisst es I, 5, 9, sitzt einsam; das Männchen sucht
das Weibchen, sitzt am Flusse Ki — und der Ho Lün-iü 9, 26, 10, 61, was der Dachs sein soll.
Der Sse soll nach Medhurst und Julien ein Rhinoceros sein — Lao-tseu II, 50 sagt: „wer sein Leben
recht führt (schi), fürchtet auf seinen Wegen weder Rhinoceros noch Tiger, der Rhinoceros
kann mit seinem Horne ihn nicht treffen, der Tiger mit. seinen Krallen ihn nicht zerreissen;“ —
nach la Charme im Schi-king II, 3, 6 und Legge im Lün-iü 16, 1, 7[1]) aber ein wilder Ochse; aus
seinem Horne machte man Becher nach Schi-king I, 1, 3. Der Haase (Thu) flieht den Jäger II,
5, 3; er wird gebraten II, 8, 7, ihn und (?) das Kaninchen Tschan erwähnt Schi-king II, 5, 4,
den Wolf Lang Schi-king I, 15, 7. Tseu-iü soll nach la Charme p. 231 im Schi-king I, 2, 14 eine
Art Tiger oder Panther, Kiün Schi-king I, 2, 12 ein Dammhirsch oder eine Antilope sein,
man wickelte die erlegten in das Kraut Mao; Sche im Eul-ya das Moschusthier, Si, der Rhinozeros,
Siang der Elephant. Nach Meng-tseu III, 2, 9, 6 vertrieb Tscheu-kung die Tiger (Hu), Leoparden,
(Pao), Rhinozeros (Si) und Elephanten (Siang); Tso-schi Siang hia A° 24 f. 2 v., S. B. 18 p. 164
sagt: der Elephant hat die Zähne, zu verderben seinen Leib. Tschi, der Zahn, im Schu-king Yü-
kung III, 1, 1, 44 u. 52 soll Elephantenzahn, Elfenbein sein. Das Wort Siang für Elephant kommt
im Schu-king nicht vor, aber in abgeleiteter Bedeutung für Bild und Schün's Halbbruder heisst
II, 1, 12 so, wie ein Beamter Schün's ib. § 22 Bär. Nao oder Yeu Schi-king II, 7, 9 soll eine
Art Affe sein. Es ist nicht nöthig, heisst es da, dem Affen zu lehren, Bäume zu besteigen; dies
wäre, wie wenn man auf einen lehmigen Weg noch Lehm thun wollte. Yuan-yeu ist ein Affe bei
Kuan-tseu im J-sse B. 44, 3 f. 3 v. Löwen (Sse) kommen auch jetzt nicht vor; zu verwundern ist
das Erwähnen von Elephanten, Rhinozeros und Affen, mehr südlicher Thiere.

Wir werden die wilden Thiere, welche im Schi-king vorkommen, so ziemlich vollständig
erwähnt haben; es versteht sich von selbst, dass nicht alle gleichmässig viel getroffen wurden.
Am Häufigsten mit waren wohl die Hirsche und die zu der Gattung gehörten. Der Hirsch (lu)
entfernt sich nach II, 5, 3 nicht weit von seiner Heerde. „Wirf deinen Blick mitten auf den
Wald, heisst es im Schi-king III, 3, 3, p. 176, und du kannst da die Hirsche zwei bei zwei haufen-
weise gehen sehen.“ Es begreift sich daher, dass hier für das männliche, weibliche und junge
Thier der Eul-ya immer besondere Wörter kennt: Lu ist der allgemeine Name für Hirsch, Kia
für den Hirschbock, Yeu für die Hindin und Mi (mit Zusatz von pin) für das Hirschkalb. Mi
soll — anders, mit Cl. 119 Reis, geschrieben — das Moosethier, nach anderen das Elenthier, Kieu
dann das männliche, Tschin das weibliche, Ngao das junge sein. Kiün der allgemeine Name für
Antilope, Yü für den Bock derselben, Li (wörtlich der Castanienhirsch) für das weibliche Thier,
Tsu für die junge Antilope. Für die Wölfe hat man auch verschiedene Ausdrücke, ausser
lang, kiao oder ki ein junger, huan ein männlicher Wolf. Die Angaben der Schol. und Lexico-
graphen über die Bedeutung der einzelnen Wörter sind aber schon abweichend.

Was das Verhältniss der verschiedenen Jagdthiere betrifft, so gibt
der Tscheu-schu, auch im J-sse B. 20 f. 30 v. (freilich keine ganz sichere
Quelle) über die Jagd-Thiere, die Wu-wang (1122 v. Chr.) nach der
Besiegung des letzten Kaisers der 2. D. erlegt haben soll, folgende Nach-
richt. Es waren 22 Tiger (Hu), 2 wilde Katzen (Miao), 5235 Hirsche
Mi, 12 Rhinoceros Si, 721 Li, eine Art wilder Kuh, 151 Bären
Hiung, 118 Bären Pe, 352 Schweine (Tschi), 18 Ho (eine Art Füchse),

---

1) So im Texte, im Index aber Rhinoceros! dies Si.

16 Moschusthiere **Seng**, 50 dergleichen **Sche**, 30 Antilopen **Kiün**, und 3,508 Hirsche **Lu**.

Auf den Seen und Teichen und in den Wäldern jagte man von Geflügel besonders **Fasane** (Tschi), Schi-king vgl. I, 3, 8 u. 9, II, 5, 3, grosse u. kleine wilde **Gänse** (Hung und Yen), Schi-king I, 15, 6 u. II, 3, 7; Yen I, 3, 9. II, 8, 5 erwähnt die Yuen-yang, die im Wasser sich findet, wo Dämme zum Fischen angelegt sind. Schi-king I, 9, 6 erwähnt noch den Schün, nach Medhurst eine Wachtel, la Charme giebts alauda. Der Loschi fängt nach Tscheu-li B. 30 f. 46 in Netzen (lo) die U (sonst Raben, nach d. Schol. hier Häher und andere schädliche Vögel), — — in der Mitte des Frühlings die Vögel des Frühlings u. bringt die Holztauben und Turteltauben dar, die Greise des Staates (die alten Beamten) zu ernähren und vertheilt das Geflügel.

Was nun die **Jagd** selbst betrifft, so galt sie für eine wesentliche Ergänzung des Ackerbaues. Schi-king I, 9, 6 sagt: wer nicht säet und nicht einsammelt, wie wird der Korn für 300 Menschen haben? Wenn du nicht auf die Jagd giengest, wie würdest du da in deiner Vorhalle (Ting) die Felle des Khiuen — nach Medhurst eine Art Fuchs, nach la Charme dem Hasen ähnlich — aufgehängt sehen. V. 2: wenn du den Ackerbau vernachlässigst und die Saat nicht einerndtest, wie wirst du da 30,000,000 Maass Korn haben; wenn du nicht auf die Jagd gehst, wie wirst du da in deiner Vorhalle die 3jährigen Eber Thi hängen sehen. Der ist nicht weise, der die Arbeit scheut und doch essen will. V. 3 wenn du den Acker nicht bebauest und die Saat nicht einerndtest, wie wirst du da 300 Kornscheuern (Kiün) voll Korn haben; wenn du nicht auf die Jagd gehst, wie wirst du da die Schün (Lerchen?) in deiner Vorhalle aufgehängt sehen? Lao-tseu c. 12 dagegen ist gegen die Jagd: das Jagen und auf die Jagd gehen (tschi-tschhing, tien-lie) verderben des Menschen Herz und Meng-tseu I, 2, 6 und 7 eifert wenigstens gegen die grossen Jagdzüge der Fürsten seiner Zeit, während das Volk Noth litt.

Wie der Einzelne, z. B. der Hirte nebenbei die Jagd betrieb, haben wir oben S. 155 schon gesehen. Schi-king I, 7, 3 und 4 erwähnt, wie Schu auf die Jagd gegangen ist und kein solcher Mann mehr im Dorfe sei;

I, 8, 2 jagen zwei auf dem Berge Nio erst 2 Eber Kien, dann 2 (?) wilde Thiere (Meu) und zuletzt 2 Wölfe (Lang); I, 3, 16 weht ein kalter Nordwind, es regnet und schneit, der Jäger trifft nichts als röthliche Füchse (hu) und schwarze Raben; II, 1, 1 schreit der Hirsch mit gedämpfter Stimme und weidet das duftende Kraut Phing, V. 2 das Kraut Hao, V. 3 das Kraut Kin ab. I, 15, 3 heisst es: die Spinne macht an der Thüre ihr Gewebe, der Hirsch hat neben dem Hause sein Lager. I, 7, 8 ist ein niedliches Liedchen: die Frau rüttelt morgens ihren Mann auf: der Hahn hat schon gekräht, der Mann aber erwiedert, es ist noch dunkel und tagt noch nicht. (Sie): steh' auf und sieh' nach den Himmel; der Morgenstern ist schon aufgegangen, du musst fortgehen, und wilde Enten und Gänse mit Pfeilen schiessen. V. 2 ist die Jagd dann erfolgreich gewesen, die Pfeile haben getroffen, sie trinken zusammen Wein und freuen sich des Lebens. Schi-king III, 2, 2 sagt uns, dass die Bogen mit hölzernem Schnitzwerk verziert waren und zu jedem 4 Pfeile gehörten; nach II, 8, 2 thut die Frau, wenn der Mann auf die Jagd geht, seinen Bogen in einen Köcher, wenn zum Fischen, macht sie die Fischleine zurecht. Am linken Daumen trägt der Jäger nach II, 3, 5 einen Ring, den Bogen zu spannen; ein Fell bedeckt Schulter und Arm; dem Bogen sind die Pfeile angepasst, so erzielt der Jäger viel Wild. Die Jagdhunde, die den Jäger begleiten, nach Schi-king I, 8, 8 zusammengekettet oder mit Ringen angethan, haben wir oben S. 151 fg. schon erwähnt. Hasen und Kaninchen, heisst es II, 5, 4, sind so behende und doch werden sie vom Hunde gefasst. Man legte aber auch Netze und Schlingen: fest, heisst es I, 1, 7, sind die den Haasen gestellt werden, gerne hört man, wenn sie im Boden mit Schlägen befestigt werden. Die 3 verschiedenen Ausdrücke für Netze, Schi-king I, 6, 6: Lo (it. Li-ki 6 f. 55 v.), Fu u. Tschung weisen auf verschiedene Arten derselben hin. Li-ki C. Wang-tschi 5 f. 12 v. erwähnt noch einer 4. Art Wei. Der Eul-ya hat noch andere Ausdrücke, Feu u. Tsiai, Netze für Kaninchen (ib. Li-ki 6 f. 55 v.), Luan für wilde Schweine; Siuen ist eine Schlinge; Tschue eine Falle, Mung und Mao für Hirsche Man legte sie im Walde und Schlingen auf dem Wege, der von allen Seiten zugänglich war; I, 6, 6 heisst es, der Haase geht ohne Geräusch u. hütet sich, aber der Fasan ist in die Netze gefallen. Es

gab auch Treibjagden nach Schi-king I, 11, 2, man umschloss nach
der verschiedenen Jahreszeit verschiedenes Wild im Kreise. Wie fett es
ist!, heisst es da, Der Fürst weiset nach der Linken, der Pfeil wird abgeschossen
und nicht vergebens. Doch scheinen dieses keine Treibjagden durch
Menschen, sondern mit Jagdwagen; es heisst nemlich im folgenden
Verse: es geht den Bergen zu nach Norden, die Pferde haben an beiden
Seiten des Zaumes ein Geklingel, das den Ton Luan von sich gibt;
die Jagdhunde mit langer und kurzer Schnauze (Hien und Hie) werden
auf dem Wagen gefahren. Das Gesträpp wurde angezündet. I, 7,
4 heisst es: Schu geht auf die Jagd; er fährt auf einem Viergespann,
in der Hand die Zügel, weich wie Seide; 2 Pferde gehen seitwärts von
der Deichsel. Das dicke Gesträpp wird angezündet, von allen Seiten
erhebt sich die Flamme in die Lüfte. Mit entblösster Brust fasst er
die Tiger und bringt sie dem Fürsten. Die beiden folgenden Verse
wiederholen dies, wie gewöhnlich, mit Abwechslung einiger Worte. II,
3, 5, rühmt auch die festen Jagdwagen, die gleichen fetten Pferde am
Viergespann; es geht nach Osten auf die Jagd. Der Vorstand der Jagd
wählt die Leute in grosser Anzahl aus, vertheilt unter sie die Fahnen
und Abzeichen. In der Gegend Ngao wird viel Wild gefangen. Die
Fürsten tragen rothe Gewänder und Schuhe mit Golddraht durchwebt;
die Jäger den Ring am linken Daumen, über Schulter und Arm ein
Thierfell. Die Pfeile sind dem Bogen gut angepasst; so erzielt man eine
grosse Beute. Die Gesetze der Gegend werden dabei nicht verletzt. II,
3, 6 schildert die Rückkunft von der Jagd. Man hat zum Geiste
gebetet. Die Jagdwagen sind gefüllt; das Viergespann ist fett. Den
Berg hinauf verfolgt man das Wild. Der Tag Keng-u war ein glück-
licher Tag, das Wild, namentlich Hirsche (Yeu und Lu) waren in Menge
am Bache Tsi-tsu, den der Kaiser zur Jagd erwählt hatte. Ungeheuer
ist die Zahl des Wildes. Wir eilen herbei, halten an, gehen zu dreien
oder zweien auf das Wild los; ich lege den Pfeil auf meinen Bogen,
schiesse einen jungen Eber (Pa), tödte einen grossen wilden Wald-
Ochsen (Sse) und traktire damit die Gäste, denen ich süssen Wein ein-
schenke. I, 15, 1 p. 67, wo die verschiedene Thätigkeit des Landmannes
in den einzelnen Monaten erwähnt wird, kommen auch die Jagdthiere

162

vor; wir haben aber das ganze Lied schon oben S. 140 fg. beim Ackerbaue
mitgetheilt. Tso-tschuen Wen-kung A⁰ 10, S. B. 15 S. 481 erzählt: der
Fürst von Sung zog (617 v. Chr.) dem Fürsten von Tshu (in Hu-kuang)
entgegen, der zeigte den Weg an zu dem Dickicht der Sümpfe (zu einer
grossen Jagd). Der Fürst von Sung bildete den rechten Flügel, der
von Tsching (den linken). Der Feldherr von Tshu befehligte den Jagd-
zug und es erging der Befehl an die Vasallenfürsten, am Morgen Feuer-
zeuge bei sich zu führen auf den Wagen, um das Gestrüppe anzuzünden.
Der Fürst von Sung that es aber nicht; der General peitschte dessen
Diener und führte sie herum, den Landesherrn, meinten einige, dürfe
er nicht strafen.

Besonders kommen die grossen Jagden der Kaiser und Vasallenfürsten in Betracht.
Der allgemeine Ausdruck für Jagd und Jagen ist Tien-lie Meng-tseu I, 2, 6 oder blos Tien,
III, 2, 1, 2, V, 2, 7, 5. Für die Jagden in den vier Jahreszeiten gab es aber nach Kung-yang, Ko-
leang-tschuen und dem Schue-yuen, auch in J-sse B. 99, f. 6 v., verschiedene Namen: die im Frühlinge hiess Seu, die im Sommer Miao (nach anderen die im Frühlinge), die im Herbste Sien, (nach
anderen Mi), die im Winter Scheu. Der Li-ki im C. Wang-tschi 5 f. 12 v. sagt nun: wenn der
Kaiser und die Vasallenfürsten nichts zu thun haben (wu-sse, d. i. nach den Schol. wenn kein
Krieg oder keine Trauer ist), halten sie im Jahre 3 Feldjagden (tien), die eine ist Kien-teu, für
die himmlischen Gefässe (d. h. die Opfergefässe zu füllen), die 2. Pin-ko ist für die Gäste, die
3. des Fürsten Küche zu füllen (Tschung kiün tschi pao). Wenn nichts zu thun ist, dann
keine Jagd halten, ist nicht ehrerbietig (pu khing); Jagen, aber nicht nach dem Gebrauche (Li),
heisst des Himmels Sachen (voé) verletzen (pao). Der Kaiser schliesst (das Wild nicht ein, ho-
wei), die Vasallenfürsten treiben es nicht heerdenweise zusammen (yen kiün, d. i. halten keine
Treibjagden). Was der Kaiser jagt u. tödtet, geschieht unter dem grossen Banner Ta-uei; was die
Vasallenfürsten tödten unter dem kleinen Banner; wenn der Ta-fu etwas tödtet, so steht er (tschi)
und assistirt den Wagen; assistirt er den Wagen und steht, dann jagen die 100 Familien. King-
kung von Tshi wollte jagen und berief nach Meng-tseu III, 2, 1, 2 und V, 2, 7, 5 den Yü-jin
mit der Fahne Tsing (mit Federn an der Spitze) (der Yü-jin hatte nach dem Tscheu-li die Wege
rein zu halten und die Flaggen aufzustellen, um die die Jäger sich sammelten. Jeder Beamte
wurde durch ein besonderes Abzeichen berufen). Dies war aber nicht das rechte, und er kam nicht,
obwohl mit dem Tode bedroht; Confucius rühmte das. Abweichend erzählt die Geschichte Tso-
tschuen Tschao-kung A⁰ 20, s. Legge T. II p. 138.

Ueber die Jagdverbote und Gesetze haben wir in unserer Abhandlung Gesetz und
Recht im alten China S. 714 schon gesprochen. Der Li-ki C. 5 f. 13 sagt: wenn die Fischotter
(Tha) die Fische opfert, dann betritt der Yü-jin die Seen (Tse) und deren Dämme (Liang); wenn
der Wolf (Tschai) das Wild opfert, dann beginnt die Feldjagd (Tien-lie); wenn die wilde Taube
(Kieu) sich in einen Habicht (Yng) verwandelt, — wie im Frühlinge der Habicht wieder in eine Taube
nach C. 6 Yuei-ling s. oben S. 142, — dann stellt man die Vogelnetze (Wei lo) auf; wenn die
Pflanzen und Bäume die Blätter fallen lassen, dann betritt man die Bergwälder (Schan lin); wenn
die Insekten noch nicht sicher geborgen sind (Tschi), verbrennt man die Felder nicht mit Feuer.
Man nimmt nicht die jungen Hirsche (Mi), nimmt keine Eier aus, tödtet nicht die junge Bruth

'von 3 Monaten (Thai), tödtet nicht die Jungen vom wilden Geflügel, nimmt nicht die Nester aus. 'Dies sind die 10 Jagdregeln.

Der freilich spätere Schue-yuen, auch im J-sse B. 99 f. 6 v., sagt; bei der Jagd Miao schliesst man nicht die Seen ein und vertilgt nicht ganze Heerden, man nimmt (fängt) Geflügel, aber nicht junge Hirsche (Mi) und Eier und tödtet nicht die Trächtigen; bei der Jagd Seu tödtet man nicht die jungen Hirschkälber und die Trächtigen; bei der Winterjagd (Scheu) nehmen alle es, die 100 Familien ziehen alle aus. Man verlässt aber nicht seinen Trott (Tschi), rennt nicht auf das Geflügel los (Ti), überlistet nicht (Wei) die Begegnenden; beim Verfolgen geht man nicht hinaus über das Hinderniss (Fang). So ist das Recht und der Brauch bei den 4 Jagden. Er gibt dann eine Erklärung der Wörter für die verschiedenen Jagden und sucht diese Jagdgebote philosophisch zu rechtfertigen. Zur Zeit, wo Himmel und Erde und (die Principien) Yn und Yang vollkommen sind, greifen die Raubthiere nicht an (Kuo); die Raubvögel (Tschi-mao) fangen (keine Thiere); die Natter (Fo) sticht nicht giftig (Tschi). So wissen also Vögel, Wild, Insekten und Schlangen dem Himmel zu entsprechen, um wieviel mehr muss diess der Mensch! Daher die Alten, die Vieh hielten u. die Jagd betrieben, dabei immer auf die Wurzel zurückgingen. Die 5 Feldfrüchte sind da, sie im Ahnensaale darzubringen und das zahlreiche Volk zu ernähren; man treibt fort Geflügel und Wild, weil sie der Saat und der Erndte schaden, daher nannten die heiligen Männer vom Felde auch die Jagd Tien.

Eine 2. Stelle ist im Li-ki C. Kiao-te-seng 11, f. 33 v. (10 p. 61 fg.): „Im 3. Frühlingsmonate (Ki-tschün) trägt man das Feuer hinaus und verbrennt das (Gras). Darnach wählt man Kriegswagen aus und hält Revuen über die Truppen. Der Fürst ertheilt die Anweisung vor dem Schutzgeiste des Feldes (Sche), das Heer zu üben, nach rechts und links zu marschiren, zu sitzen und aufzustehen, um zu zeigen, dass sie an Evolutionen gewöhnt sind. Sie sehen das Geflügel (Kin), gewahren den Vortheil, sehen aber auch darauf, dass sie nicht ohne Befehl handeln. Der Fürst sucht ihren Willen zu unterwerfen und begehrt nicht (das Wild) zu erlangen; wenn er daher kämpft, siegt er auch, opfert er, so erlangt er auch Glück." Hier wird die Jagd als Vorübung des Krieges betrachtet; die Gewöhnung an Ordnung und Gehorsam gilt für das Erste, der Jagdgewinn für das Untergeordnete.

Demgemäss heisst es im Tscheu-li B. 29 f. 19—34 (8 v. fg.) im Abschnitte vom Ta-sse-ma, (wörtlich Anführer der Reiterei, dann Vorstand des Kriegswesens): Er beginnt die Frühlingsjagd (Seu). Die Offiziere geben das Signal, bringen das Pferdeopfer (Ma) dar und ertheilen die Befehle an das Volk. Man rührt die Trommel und umgibt den reservirten Bezirk; das Feuer wird gehemmt und das Wild zum Opfer für den Genius der Erde dargebracht. (Die Verbote waren nach Schol. 2 keines Anderen Wagen zu besteigen, ihre Ordnung (Reihenfolge) nicht zu unterbrechen, nicht von der 2. Reihe aus zu schiessen. Die Fussgänger standen rechts und links von den Wagen der Offiziere). Mitten im Sommer lehrt er die Leute ihre Strohbaracken aufzuschlagen, gemäss den Anordnungen für die Manöver der Bataillons; die Offiziere zählen die Wagen und Fusssoldaten, vergleichen die Bücher und Register und unterscheiden die Contingente der innern und äusseren Distrikte (Hiang und Sui) und der Domainen (Hao), die Generäle nach den Namen der Thore (wo sie ihre Fahnen aufpflanzten) (nach Schol. 2 hatte der Fürst von Lu den Posten der Mitte des Ostthores, der Fürst von Sung das Commando rechts, bei der Pforte der Thungbäume). Jeder Chef eines Cantons, einer Domaine, eines Distriktes wurde nach diesen bezeichnet. Die 100 obern Offiziere (Beamte der 6 Ministerien) hatten jeder seinen besonderen Dienst. (Nachts wurden die Baracken inspizirt) und dann die Sommerjagd (Miao) nach den Regeln der ersten Jagd vorgenommen) (die Verheerungen durch das Wild zu verhüten). In der Mitte des Herbstes weiset er die Soldaten an, den Krieg zu führen nach den bestimmten Bataillonsmanövern, wie die Fahnen zu bestimmen sind. Der Kaiser führt die grosse kaiserliche Fahne, der Vasallenfürst eine mit 2 Drachen, der Befehlshaber eines Corps eine mit Bären und Tigern, der Chef einer Domaine eine rothe, der Chef eines innern und äusseren Distrikts eine von gemischter Farbe, die Chefs der Bannmeilen und der Domainen (Kung-y) Fahnen mit Schildkröten und Schlangen, die 100 oberen Beamten solche mit heiligen Vögeln (vgl. B. 27 f. 24 fg.) Er schreibt den Dienst und Titel jedes Offiziers auf und im Uebrigen verfährt man wie bei den Manövern der Bataillons; dann beginnt die Herbstjagd (Sien) nach den Regeln der ersten. Hier bedient man sich aber der Netze (und fängt so viel Wild) und opfert dann das Wild dem Genius der (4 Welt)gegenden (Fang). In der Mitte des Winters zeigt er, wie die grosse Inspektion vorzunehmen ist. Vorher halten die Offiziere die Massen in der Pflicht und üben sie im Kampfe. (Da derzeit es den Feldarbeiten nicht schadet) findet jetzt der Census der Bevölkerung, der Thiere, Wagen u. s. w. statt.) Die Park-aufseher (Jü-jin) reinigen zu dem Ende den Platz, stellen das erste Signal für die Wiederver-sammlung auf, 100 Pu (à 6') — das Terrain für jede Compagnie nach f. 35 — und dann noch 3, von je 50 Pu, sich zu sammeln. Am Tage der grossen Jagd entfaltet der Commandant der Reiterei die Fahne in der Mitte des letzten Versammlungsortes. Alle Offiziere mit ihren Fahnen, Trom-meln, Glocken, Cymbeln, an der Spitze ihrer Leute, begeben sich zu ihrem Rendezvous; die zu spät kommen werden bestraft. Wagen und Fusssoldaten werden nach der Schlachtordnung auf-gestellt; alle sitzen oder hocken nieder, die Offiziere, vor der Reihe, hören die Instruktion des Generals. Das Opferthier wird geschlachtet und dann die Reihen rechts und links inspicirt. Wer den Befehlen seiner Oberen nicht gehorcht, (sagt der Commandant) wird getödtet. Der General des Centrums mit der Trommel Pi (zu Pferde) heisst die Trommeln rühren. Jeder Regimentschef schlägt 3mal auf die Trommel, jeder Sektionschef rührt seine Cymbeln, alle Offiziere erheben die Fahnen, alle zu Fuss u. zu Wagen erheben sich, die Trommeln und Cymbeln ertönen, Wagen und Soldaten setzen sich in Marsch bis zum Signal. Dann halten sie an, wieder unter 3 Trommelschlägen und dem Ertönen der Cymbeln; alle Offiziere senken die Fahnen, die Leute sitzen nieder, das Auf-stehen, Vorrücken, Anhalten, wiederholt sich dann unter gleichem Trommel- und Cymbelschall; die Wagen rücken schnell vor, die Soldaten laufen bis zum Ziel u. gehen dann zurück — —. Unmittelbar darauf beginnt die Winterjagd (Scheu). Man nimmt 2 Fahnen, die Rechte und Linke der Vereinspforte (Ho) zu bilden. Jeder Offizier tritt an die Spitze seiner Wagen und Fusssoldaten, den Ausgang aus der Pforte rechts und links zu regeln. Man bildet dann die Reihen der Wagen und Fuss-soldaten; die Fahnen treten in die Mitte der Compagnien; jeder erhält ein Terrain von 100 Pu (600'); auf schwierigem Terrain geht die Infanterie voran, auf ebenem die Wagen. Diese gehen dann auf das Wild los. Die Offiziere geben das Signal und bringen das Opfer Ma vor den Reihen dar — —. Das grosse Wild wird dem Fürsten vorbehalten; das kleine vertheilt man (an die Jäger) (vgl. Schi-king I, 15, 1); die ein Thier getroffen haben, erhalten das linke Ohr (vgl. Schi-king IV, 2, 3). Kommt der Ort, wo angehalten werden soll, so werden alle Trommeln gerührt, die Soldaten zu Wagen und zu Fuss erheben ein Geschrei, halten an und bringen das Wild dar —. Beim Einrücken in die Hauptstadt bringt man es zum Winteropfer Tsching dar (im Ahnensaale) vom Ertrage der Jagd.

Nach B. 32 f. 37 gab es eigene Lenker des Jagdwagens (Tien-po) des Kaisers, die auch die anderen Wagen leiteten, das Wild anzuhalten und aufzustellen hatten. Er heisst die Jäger, die ein Thier treffen, die Fahnen auf ihren Wagen entfalten. Wenn sie es darbringen, vergleicht er es. Der Kaiser fährt im Trott, der Vasallenfürst mässigt den Lauf seiner Rosse, der Ta-fu lässt die seinigen laufen. Nach B. 4 f. 44 gab es am Hofe eigene Jäger (Scheu-jin, Menschen des Wildes). Sie haben das Wild bei der Jagd mit Netzen zu fangen, Namen und Arten derselben zu unterscheiden. Im Winter bringen sie Wölfe, im Sommer Hirsche, im Frühlinge und Herbste Wild jeder Art dar. Bei den grossen Jagden in den verschiedenen Jahreszeiten führen sie die Netze; wenn die Jagd zu Ende, heissen sie das Wild am bestimmten Orte sammeln und liefern zu einem Opfer, bei einer Leichen-Ceremonie, beim Empfange von Fremden die nöthigen todten und lebenden Thiere. Die Thiere liefern sie an die Trockener; Felle, Haare, Nerven, Klauen und Hörner werden in das Jaspismagazin abgeliefert. Sie leiten alle die der Jagd obliegen. Nach 16, 26 hatten die Berginspektoren (Schan-yu) bei einer grossen kaiserlichen Jagd den Jagdraum auf dem Gebirge von Buschwerk zu reinigen. Am Ende der Jagd pflanzten sie ihre Fahne auf, präsentirten die getödteten Thiere und nahmen von jedem das linke Ohr, (die Zahl der getödteten Thiere zu zählen).

Nach B. 25, f. 32 fg. gab es einen eigenen Jagdbeter (Tien-tscho), welcher die Gebete und Anrufungen beim Pferdeopfer (Ma) am Signale des Rendezvous, bei den 4 grossen Jagden in den 4 Jahreszeiten zu verrichten hatte. Er machte auch die Spenden im Ahnensaal. Wenn der Kaiser eine grosse Jagd leitete, liess er das Wild bringen, unterschied die Arten. Wenn man in der Bannmeile ankam, opferte er das Wild, machte die Spenden in den Ahnensälen und nahm den Antheil des Kaisers ($^3/_{10}$), hatte auch die Gebete und Anrufungen zu thun für das Pferd und die Opfer, (die man darbrachte).

Der Fischfang.

Der Fischfang bildete schon vor Alters, wie noch jetzt, ein wichtiges Subsistenzmittel in China. Mehrere eigenthümliche Arten, Fische zu fangen, die jetzt vorkommen, wie mittels des Cormoran und eines hellangestrichenen Schiffes bei Mondschein, finde ich noch nicht erwähnt. Man fischte mit der Leine. Schi-king I, 5, 5 heisst es: die Fischer wenden ein dünnes und scharfes Rohr im Bache Ki an. Die Angel heisst Tiao. II, 8, 2 p. 136 macht die Frau dem Manne die Angel (sching, den Faden) zurecht, wenn er zum Fischen geht. Der mit der Angel fischt, heisst es I, 2, 13, wessen bedient er sich? einer Leine aus verschiedenem Seidenfaden. Die Fischerbarken waren aus Cypressenholz nach I, 3, 1 und I, 4, 1. Es war wohl mehr Flussfischerei als zur See. Auch eine Gabel (Tschha), um Fische zu stechen, kommt im Tscheu-li 4, 49 vor; doch fieng man damit wohl mehr Schildkröten und Austern. Am Häufigsten war das Fischen mit Netzen, deren es verschiedene Arten gab. Nach Y-king Hi-tse 13, 2 T. II p. 529 fängt schon Fo-hi mit Netzen aus Faden Fische. Das Fischnetz Ku erwähnt der Tscheu-li B. 4 f. 44. Der grosse (Hoang-)ho, heisst es Schi-king I, 5, 3, durchströmt die Nordgegenden; man wirft die Netze unter Geräusch im Wasser aus und fängt die monströsen Fische Tschen und Wei. II, 2, 2 heisst es: im Süden sind die Fische Kia; man fischt sie mit Netzen aus dünnem Rohr, wohl eher mit einem Fischkorbe, Tschao; vgl. die Abbild. zum Eul-ya. I, 15, 6 ist die Rede von einem Netze mit 9 Säcken (Kieu-i), in welche (die Fische) Tsin und Fang kamen (dergleichen hatte man auch für Haasen). II, 2, 1 wird ein anderes Netz Lieu erwähnt, worin nach V. 1 die Fische Tschang und Scha, nach V. 2 die Fische Fang und Li, nach V. 3 die Fische Yen und der Karpfen fielen; nach der Abbildung zum Eul-ya, war es, wie es scheint, ein Fischkorb. Man legte auch Dämme oder dem Character nach ursprünglich hölzerne Brücken oder Stauungen Liang an, um die Fische aufzuhalten, dass sie in die Netze gingen. Nach d. Schol. zum Tscheu-li 4, f. 47 hält man damit das Wasser zwischen 2 Feldern an; in der Mitte ist ein Thor, das das Wasser durchlässt und mittelst einer Rohrmatte fängt man dann die Fische, die hindurch wollen. Im Schi-king I, 3, 10 heisst es: tritt nicht auf meinen Liang und löse nicht meinen Keu, (es soll dies ein krummes Stück Bambu sein, Fische zu fangen); ebenda II, 5, 3 p. 109. II, 8, 5 p. 137 sitzt der Vogel Tshiu an einem solchen Liang und ebenso die wilden Enten Yuen-yang. I, 8, 9 sind die Netze zerrissen und liegen darauf; die Fische gehen aus und ein. Lay II S. 192 d. Ueb. beschreibt solche noch bei Hong-kong. Fischteiche kommen II, 4, 8 p. 100 und IV, 1, 2, 6 vor. Dort heisst es, der Fisch ist im Fischteiche, aber doch nicht recht froh, er schwimmt nach unten, versucht es seitwärts, aber das helle Wasser verräth ihn (seine Gefangenschaft). Nach Meng-tseu V, 1, 2, 4, erhält im Reiche Tschhing der Minister Tseu-tschhan einen Fisch geschenkt und heisst den Teichwart (Kiao-jin) ihn im Fischteiche (tschi) aufzuziehen, der verzehrte ihn aber. Schon Wen-wang hat Fischteiche (Tschao) nach Schi-king III, 1, 8, 1, auch b. Meng-tseu I, 1, 2, 3. Die Tyrannen legten nach ihm I, 1, 2, 4 und III, 2, 9, 5 solche grosse (wu u. tschi) an und rissen zu dem Ende Häuser um.

Der einzelnen Fische werden im Schi-king mehrere erwähnt, aber sie sind schwer sicher zu bestimmen. „O welch' eine Menge Fische, heisst es IV, 1, 2, 6, birgt hier das Wasser in den Kräutern, ihren Schlupfwinkeln. Der Tschan (auch I, 5, 3 und II, 5, 10) soll ein Stöhr sein; der Wei ebenda auch eine Art Stöhr, der Tiao nach Medhurst ein langer, schmaler Fisch. Die Karpfe Li kommt hier noch öfter vor, der Tschang ebenda und II, 2, 1, der Yen ebenda; sie werden als Opfer dargebracht und versprechen dafür ein grosses Glück. Sehr häufig wird genannt der Fang; I, 12, 3 heisst es: die Fische essen, essen die immer den Fang? II, 2, 1 hat noch den Scha, dem Charakter nach Sandfisch, II, 2, 2 den Kia, angeblich eine Art Karpfe, I, 8, 9 den Kuan[1])

---

1) Kung-tschung-tseu (b. Khang-hi s. v.) erzählt, dass man in Wei mit der Angel einen so grossen Kuan fieng, dass er einen ganzen Wagen anfüllte. Confucius Schüler Tseu-sse fragte den Fischer, wie er ihn erlangt habe, er erwiederte: ich brauchte erst den Fang als Lockspeise; da gieng er vorbei und achtete nicht darauf, dann vertauschte ich diesen mit einem halben Ferkel (Tün), den verschlang er und wurde so gefangen.

neben dem Fang und dem Siü, diesen auch II, 8, 2, III, 3, 7 den Yü. III, 2, 2, p. 158 erwähnt den Fisch Tai, angeblich eine Art torpedo, I, 15, 6 den Tsün. Aus dem Felle des Tho, der im kleinen Kalender der Hia erwähnt wird (s. S. 142), machte man Trommelfelle.

Der Tscheu-li 4, 47 erwähnt der (Hof)fischer (Yü-jin). Sie sind betraut mit dem Fischfange der für jede Jahreszeit sich eignet, sie machen auch die Liang. Im Frühlinge bringen sie den Fisch Wei dar (wegen seiner Grösse auch der König (Wang) genannt, nach Biot ein grosser Scombre. Nach den Schol. Tsching-ngo kam er aus Kung in Ho-nan, gieng im Frühlinge nach Süden, trat in den West-Hoang-ho und von da in den Tsi und den Tsu Fluss, die sich in ihn ergiessen). Sie unterscheiden die frischen und getrockneten Fische für das Kaisermahl, die Opfer, bei einer Leichenbestattung und Fremdenbesuche. Alle die (für den Hof) fischen leiten sie und geben ihnen die Anweisung (zu welcher Zeit man zu fischen hat und wo die Fische sich aufhalten). Sie erheben auch die Abgabe von der Fischerei und liefern sie in das Jaspismagazin ab.

Wie es Jagdverbote, so gab es auch schon eine Fischereiordnung. Wenn zu enge Netze, sagt Meng-tseu I, 1, 3, 3 (Su ku) nicht in die Fischteiche kommen (wu tschi), dann können die Fische und Schildkröten nicht alle aufgezehrt werden. Nach dem Schi-king hatte Wen-wang, solange er blos in Khi in Schen-si regierte, kein Verbot in den Seen zu fischen erlassen, aber unter Tsching-wang führte Tscheu-kung wieder die Abgabe auf den Fischfang ein; die Noth der Zeiten bestand nicht mehr, man sollte sich nicht dem Ackerbaue entziehen um sich dieser Nebenbeschäftigung zu ergeben. So d. Schol. z. Tscheu-li l. c. Von der künstlichen Fischzucht, die die Chinesen jetzt treiben, finde ich nichts.

Nach Tscheu-li 4, fol. 49 fg. gab es auch besondere Schildkrötenleute (Pie-jin), die alle Arten von Schaalthieren am Hofe zu fangen hatten. Zur geeigneten Zeit harpunten sie Fische, die Schildkrötenarten Pie und Kuei (wovon letztere besonders beim Wahrsagen gebraucht wurden), Austern und Alles was auf dem Meeresgrund sich birgt. Im Frühlinge brachten sie die Schildkröten Pie und die Austern, im Herbste die Schildkröten Kuei und die Fische dar, lieferten bei einem Opfer auch die Austern, Schnecken und Ameiseneier und übergaben sie den Leuten die Hachées machten (Hai-jin).

(Ueber die Industrie und den Handel in Abth. 2.)